知の仕事術

池澤夏樹
Ikezawa Natsuki

インターナショナル新書　001

目次

はじめに　あるいは反知性の時代の知性

しばらく前から社会に大きな変化が目立ってきた。

人々が、自分に充分な知識がないことを自覚しないままに判断を下す。そして意見を表明する。そのことについてはよく知らないから、という留保がない。

もっぱらSNSがそういう流れをつくった、というのは言い過ぎだろうか。

ツイッターが流す「情報」をろくに読みもしないで、見出しだけを見て、「いいね」をクリックする。それで何かした気になって、小さな満足感を味わう。

検索システムは世間ぜんたいから同じような意見だけを集める。そこだけ見ていると、その意見が多数を占めるように見える。だから自分もそこに参加して、徒党の一員としていっぱしのことをしてみたいと思う。そこで「いいね」のクリック。それに反対する意見を探して比べることには思い及ばない。頭脳を使う努力という点では実は何もしていないに等しいが、本人はそれに気づかない。

そういう「意見」がまとまって社会を動かしてゆく。選挙では政見や思想以前に、候補者への好き嫌いで票を入れる。それでも投票に行けばまだよいほうで、棄権したまま、それを意識することもないまま、ツイッターの「いいね」のクリックはする。

議論はない。その代わりに罵倒の応酬があって、それでことが決まってゆく。社会を分断する力は強いのに、まとめる動きは弱い。分断はただ数だけの多数派をつくり、彼らが数に乗じてすべてを決める。少数意見は無視され、時には炎上の対象になる。


ものを知っている人間が、ものを知っているというだけでバカにされる。

ある件について過去の事例を引き、思想的背景を述べ、論理的な判断の材料を人々に提供しようとすると（これこそが知識人の役割なのだが）、それに対して「偉そうな顔しやがって」という感情的な反発が返ってくる。

彼らは教えてなどほしくない。そういうことはすべて面倒、ぐじゃぐじゃ昔のことのお勉強なんかしないで、この場ですぱっと思いつくままにことを決めようよ。いまの憲法、うざいじゃん、ないほうがいいよ。さっくり行こうぜ。

こういう人たちの思いに乗ってことは決まってゆく。

この本はそういう世の流れに対する反抗である。

反・反知性主義の勧めであり、あなたを知識人という少数派の側へ導くものだ。


アメリカのSF作家レイ・ブラッドベリの『華氏451度』（ハヤカワ文庫、一九五三年）という小説が描く世界では文学が禁止されている。書物を所持することがもう違法であって、家宅捜索で発見された本はすべて焼却処分にされる（このタイトルは加熱された紙が発火する温度を意味する）。体制に反抗する人々は文学作品をまるまる暗記して、秘密の朗読会を開き、それらが失われることに抗《あらが》う。

中国の歴史には焚書坑儒《ふんしょこうじゅ》という史実がある。

秦の始皇帝は自分の政治方針に反するものとして古来の古典である『書』『詩』『礼』『楽』『易』『春秋』や諸子百家の書を焼かせ、反対意見を述べる儒者四百六十人を坑《あな》に埋めて殺した。強圧的な思想統制だが、こういうことは歴史では珍しくない。学校図書館から「日本国憲法」に関する本が消えて、「君が代」を歌わない教師が放逐される日が来ることは充分に予想される。すでに密告の奨励や家族まで含めた連帯責任が問われる事態が現実になっている。

ナチス・ドイツは広場で盛大に本を燃やした。

文化大革命の時期の中国では本を持っていることが犯罪だった。

こういう知識の引用自体がすなわち知性主義の証しであり、それを言いつのるぼくなどいずれ坑に埋められるかもしれない。


知識人を権力の座に就けようと言うのではない。

民主主義のもとでは権力はすべての国民にある。王制になぞらえれば国民が王様。

知識人はその顧問の一人にすぎない。何かが起こったときに、それを解析し、過去の事例を参照し、どういう選択肢があるかを王様に進言する。役割はそこまでで、その先の判断は王様が自分でする。これが基本の構図。

しかし、近年、王様は消費主義の快楽や、SNSの安直、ナショナリズムの陶酔に身を任せることが多く、知識人という顧問の言うことにあまり耳を傾けない。

人は叡智《えいち》を積み上げていまの世界を築いた。知は継承可能なものだということを近代人は信じてきた。二十一世紀の人間が万有引力の法則を改めて発見しなくても済むのと同じように、人権思想も、主権在民も、自由・平等・友愛も、そのまま次代に受け渡せると思ってきた。

どうやらそれが危ないらしいのだ。

この本は継承のスキルを伝えるものでもある。

人間にはもともと知的好奇心がある。「知りたい」という気持ちが、人を動かしている。身体が食べることで新陳代謝を行うのと同じように、脳の中は、知的な食べ物の摂取と不要なものの排出によって常に新しくなっている。

その入れ替えを意識的に行いたい。

生きるためには、軽い順に一「情報」、二「知識」、三「思想」が必要だと考えてみよう。「情報」はその時々に起こっていること、起ころうとしていること。いわば日付のあるデータだ。たったいまの世の動きを知るにはこれが欠かせない。

「知識」はある程度まで普遍化された情報、しばらくの間は通用する情報であって、普通にものを考えるときにはこれが土台になる。その一方で知識もまた変わりゆくから更新が必要で、古いものは信頼性が低くなる。

「思想」とは、「情報」や「知識」を素材にして構築される大きな方針である。個人に属するものもあり、多くの人々に共有されるものもある。それ自体が人格を持っていて、成長し、時には統合され、また分裂し、人類ぜんたいの運命を導く。「哲学」や「宗教」まで含む大きな器。

これらをいかにして獲得し、日々更新していくか。かつて学んで得た知識を、いかにアップ・トゥ・デートしていくか。現代を知力で生きていくスキルを整理してみることにする。

世の中には大量の本を保持していることを誇る人がいる。書斎の本棚の前で写真を撮る作家もいる。ぼくは自分の仕事場を公開したことはない。それは、例えば精密機器メーカーの最新研究室に他社の人間を入れることがないのと同じだ。どこの企業が自ら進んで「企業秘密」を他社に公開するのだろうかと考えていた。

大事なのは製品であって製造過程ではない。

しかしぼくも歳を重ねて自分に対する規制が緩んできた。

この新書では禁を破り、ぼくの個人的なやりかたについて、「知のノウハウ」を公開しようと思う。

1　新聞の活用

いまを切り取るには「新聞」が必要

知識人として生きていくためには何をすればよいか。

まず日頃からできることとして、日刊紙を読むことを提案しよう。たったいまの世界がどのようになっているか、世界の見取り図を自らの頭の中に作るために。

新聞はいわば日々更新される世界図であり、刻々形成される現代史の地層の断面図だ。集められた情報や意見を一定の方針に従って取捨選択し、配列し、紙に印刷する。大事なのはそれが文章であるということだ。人は話すときには感情に流されがちだが、書くとなると論理的になる。紙面に収まる量には制限があるから、どうしてもエッセンスだけを抽出しなければならない。骨格だけが残り、肥大したところは捨てられる。テレビなどの喋《しゃべ》り言葉だと論理に感情が加わる。それが意味を持つ場合もあるけれど、大量の情報をすばやく摂取するにはテレビはまだるっこしい。

感情的であることとは別に、テレビには視聴者にチャンネル選択の権利しかないという問題点がある。一度ある番組を見始めると、後は局が流すものをそのままその順序で受け取ることになる。アナウンサーやコメンテーターはみな説得の姿勢で話す。映像がそれを応援する。特定の印象を視聴者の心に残すべく設計された構成。テレビを見ていると、ぼくは操作されているという不安をどうしても拭いきれない。

新聞ならば見出しを見た上で、精読に価するかどうか判断して読める。自分の側に判断の余地がある。

世の中に向かうときに大事なのは、「何が答えか」ではなく、「何が問題か」というほうだ。

問題を与えられればすぐに答えを出す優等生が社会をダメにしてきた。詰め込みの勉強だけして型にはまった対応だけに終始する連中が硬直を引き起こす。AはAであると教えられたときに、そのままA＝Aと覚える者に創造的な仕事はできない。本当にAなのか、Bではないのか、なぜAなのか、その論拠は信頼できるか……など、与えられた答えを一度は突き放す余裕が要る。

ぼくは毎日けっこう真剣に新聞を読む。きちんと時間をとって、ハサミを片手に。そして重要そうな報道記事、あるいは参考になりそうなコラムなどを見つけると精読のために切り抜く。時事的な記事は近々大きな問題になりそうなものに注目する。記者の署名記事や識者の意見は役に立つことが多い。

切り取った紙面を少しおいて落ち着いて丁寧に読む（スクラップブックに貼ることはしない。とりあえず束ねておいて、せいぜいクリップでまとめるくらい。このことはまた後で述べる）。

新聞にはそれぞれの傾向と方針がある。すべての新聞を読むのは不可能だから、どうしても選ばなければならない。それによって自分の立ち位置が決まる。

ぼくは全国紙二紙とブロック紙一紙をほぼ毎日見ている。あとは旅先で地方紙を読む。ある地域の新聞を集中的に読むこともある。

最近で言えば、沖縄の現状についてコラムを書く前に、『沖縄タイムス』と『琉球新報』を数週間分ドカッとまとめて読んだ。それから（これは特別な例だけれど）「苦麻《くま》の村」という短篇を書いたときは、『福島民報』を二十日分ぐらいまとめて読んだ。主人公が福島民報を読んでいるという設定だったから、記事をそのまま小説の中に引用した（この短篇は

『砂浜に坐り込んだ船』(新潮社、二〇一五年)に収録)。

井上ひさしさんはスポーツ紙まで含めて、毎日八紙ぐらい読んでいたと聞いている。そういうやりかたもあるだろう。しかしそこまでしなくてもいい。せめて一紙、できれば二紙は読むことにしよう。

インターネットの記事だけではなぜダメか

いまはどの新聞もインターネット版を出している。

しかしぼくはやはり紙に印刷された新聞を基本の情報源としている。

情報に大事なのは(正確さを別にすれば)広がりと深さである。知りたいことの主題がわかっているとき、昨日起こった近所の事件のその後とか、築地市場の移転問題とか、自分の側にテーマがあればその先をインターネットは提供してくれる。しかし、世の中に無数のことが日々発生している中で何が問題かを知るには、およそ無関係と思われる記事が雑然と並置されている紙の新聞の、あの紙面が要る。インターネットには深さはあるが広さがない。

地図に置き換えて考えよう。

いま、人は地図というとまず「グーグル マップ」を思い浮かべる。その特徴は「検索」から入るということだ。自分が関心のある地点に飛んで、いわばそこに落下傘降下して、その地点からの世界図を作る。カーナビの画面ならばもっとはっきりしている。ともかく自分がいる位置が世界の中心。万事はそこから展開する。ここに自分がいて、行きたいところがあっちにあって、その間をつなぐ経路が示される。この目的に不要なものはすべて無視。

本来、世界というのはそういうものではなかった。世界は自分に先立って存在した。人はそこにおずおずと入っていったのだ。あらゆる生物はこの謙虚さと共に世界に参入する。自分がいて、その周囲に世界が生まれるとは考えない。

グーグル マップの逆のものとして国土地理院の地図がある。

「地理院地図」で検索してサイトに行くと、最初に出てくるのは日本列島ぜんたいの図。その富士山のところに十のマークがある。ここがスタート地点で、移動と拡大を繰り返しながら目的の地へ近づく。等高線など一見して不要なものがたくさん入っているが、それが事実としての世界の姿なのだ。あなたの興味とは関わりなく、初めからそこにあるもの。一個の主体としてあなたが参入しなければならない外界。

ぼくがこのサイトを好む理由は、ずっと昔から国土地理院の地図を使ってきたからかもしれない。ずっと基本だった「5万分1地形図」、後に基本になった「2万5千分1地形図」、もっぱら都市部を描く「1万分1地形図」、遥《はる》かにスケールの大きい「20万分1地勢図」、どれもよく使った。そういう形でこの国を認識しようとした。あるとき、友人であるデザイナーが「20万図」を全国分一三〇ぜんぶ買ったことがあった。ぼくは感激して、彼女のオフィスで一枚また一枚と飽かずに眺めたことだった。自分が一生のうちに行くはずがない土地がこんなに広いこと、自分の足跡など何ほどのものでもないこと、それが世界と自分の正しい比率であることをしみじみと覚《さと》った。

（ここでクイズ——「安渡移矢岬《あといやみさき》」はどこにあるか？　答えはこの章の最後に）

インターネットの記事についてもう少し話そう。

正確に言えば、なぜインターネットの記事だけではダメなのか。

インターネットでは一つ一つの記事の「ユニット」が小さ過ぎる。話が散漫になってしまって全体像が作れない。個々の情報についてのスピードは速く、また入手しやすいという利点はあるけれど、頭の中に世界図を作るためにはインターネットだけでは無理だと思う。

問うべき対象を確定した上で「答え」を探しに行くにはインターネットはとても役に立つ。しかし、それ以前の知的な構図を構築するには――「問い」を立てるには――インターネットだけでは充分でない。これはメディア批判ではなく、メディアの特性を言っているだけだ。人の認識には、それにふさわしい情報のサイズというものがある。

少なくともぼくの場合、紙の新聞は必須である。

一面から政治欄を見て、社会欄を見て、文化欄を見て、という全体を通して、その新聞が作った世界の図を批判の姿勢で受け入れていく。この批判の姿勢という点が重要で、すべてをそのまま受け入れるのではなく、「それはちょっと違うぞ」と思いながら、いわば対話しながら読んでいくわけだ。

最近の、新聞の底力を知った例を一つ。

二〇一六年二月十五日に投稿された「保育園落ちた日本死ね!!!」のブログ、待機児童問題を提議したあれをはじめから全文掲載したのは『毎日新聞』だけだった。あのブログは全文でないと意味がない。縷々《るる》と書いている全文を示さないと、書き手の思いと考えがきちんと伝わらない。しばらくしてから朝日新聞も全文掲載した。そういう点は新聞の個々の判断が見られて面白い。

このブログ、国会で問題になったときは、国会議員はタイトルを連呼するばかりで、誰も全文を読み上げなかった。取り上げるならば、全文を朗読すべきだった。

あれは生半可なコピーライターには絶対に書けない名文である。だからこそ新聞はそのまま掲載すべきだった。もう一度読んでみよう——


何なんだよ日本。

一億総活躍社会じゃねーのかよ。

昨日見事に保育園落ちたわ。

どうすんだよ私活躍出来ねーじゃねーか。

子供を産んで子育てして社会に出て働いて税金納めてやるって言ってるのに日本は何が不満なんだ?

何が少子化だよクソ。

子供産んだはいいけど希望通りに保育園に預けるのほぼ無理だからwって言ってて子供産むやつなんかいねーよ。

不倫してもいいし賄賂受け取るのもどうでもいいから保育園増やせよ。

オリンピックで何百億円無駄に使ってんだよ。

エンブレムとかどうでもいいから保育園作れよ。

有名なデザイナーに払う金あるなら保育園作れよ。

どうすんだよ会社やめなくちゃならねーだろ。

ふざけんな日本。

保育園増やせないなら児童手当20万にしろよ。

保育園も増やせないし児童手当も数千円しか払えないけど少子化なんとかしたいんだよねーってそんなムシのいい話あるかよボケ。

国が子供産ませないでどうすんだよ。

金があれば子供産むってやつがゴマンといるんだから取り敢えず金出すか子供にかかる費用全てを無償にしろよ。

不倫したり賄賂受け取ったりウチワ作ってるやつ見繕って国会議員を半分位クビにすりゃ財源作れるだろ。

まじいい加減にしろ日本。

これが読めただけで毎日新聞を読んでいてよかったと思った。

まあ、ぼくがブログなどで話題を追っていればもっと早く到達できたのかもしれないが、それはしない。なぜならば、この記事が他の多くの記事の間にあったから、その相対的な価値がわかったのだ。飛び石づたいにブログからブログへと辿《たど》って「保育園落ちた日本死ね!!!」に辿りついても、それだけでは客観的な評価にはならない。その経路の信憑《しんぴょう》性を誰が保証するのか。

大事なのは、多くの話題を拾いながら、ことの脈絡は自分でつくるということ。新聞などが提供するのはその素材にすぎない。自分なりの世界図があって初めて、個々の記事や評論に価値が生じる。ここに言う脈絡とははっきり言えば偏見である。世間で行われる論とは違っているが自分なりに納得した考え。なぜならば偏見でない意見などあり得ないから。ニュースに沿って偏見を修正しつづけるのが現実を考えるということである。

日本の新聞の特徴をはっきりさせておこう。

イギリスならば『The Times』(約五十万部)や『The Guardian』(約二十六万部)、アメリカなら『The New York Times』（約百万部）や『Washington Post』（約四十万部）などの高級紙と大衆紙ははっきり分かれている。

しかし日本では数百万部を超える大部数の新聞がそのままオピニオンリーダーの役を果たす。その分だけ編集が総花的という見方もあるけれど、最近では左右の対立が激しくなって、それだけ旗幟《きし》鮮明になったということもできる。言い換えればそれぞれに偏向が烈《はげ》しくなったわけで、それを補うのにはインターネットやブログは役に立つのかもしれない。

最近ぼくが書いて、共同通信で配信された新聞についてのコラムを以下に掲げる——

新聞の役割、地方紙の役割

毎朝の習慣として新聞を読む。

見出しを見て記事を選び、ざっと読み、重要なものとわかれば切り抜く。そうやってまとまった記事やコラムを後でまとめてもう一度精読する。

何をしているかと言えば、日本と世界の現況を要約しているのだ。無数にある事実と意見の中からその日その日の世界像を構築する骨格の一本ずつを見つけ出して、適所に配置して組み立てる。

つまりぼくは情報と意見から成る世界像を一頭の脊椎動物と見なしているわけだ。まずは骨があり、その上に肉があって皮膚で覆われている。だから元気に動くし、走り行く方向は日々変わる。世界とはそのくらい実在感があるものだ。

インターネットにはツイッターなど個人発信の情報と意見があふれている。こちらは明確な構造を持たず、つまり骨格がなく、細部からひたすら増殖して条件次第でいくらでも変形するし、時にはすっと消滅する。生物でいえば粘菌に似ている。

生物学でいう進化論のように、ニュースやオピニオンのありようが変わっていっているのかもしれない。進化とは環境に応じた種の消長である。インターネットという新しい環境が個人発信という新しいメディアを生んだ。こちらが主流になってゆくのだとしても、ぼくはその流れに乗りきれない。まだ粘菌ではなく脊椎動物の方と付き合っていたい。

新聞はさまざまある。

中立とか不偏不党などという原理はそこにはない。あるはずがないのだ。報道は取材から印刷まで一段階ずつが選択であり、選択というのは主観的にしかできない行為だから。

記者にせよデスクにせよ主筆にせよ、個人が個人の資格において紙面を作ってゆく。せいいっぱい広くニュースを集め、意見を募って作っても、そこには各紙ごとのカラーが生じる。

新聞はジャッジではなくプレーヤーである。それを知った上で読者は新聞を選択する。チームを選んで応援する。

だからこそ、選択の幅があることが大事なのだ。報道によってどういう世界像を作るか、それは読者が決める。

二〇一五年の六月、自民党の一部の国会議員がつくる勉強会でさる議員が「沖縄の世論はゆがみ、左翼勢力に完全に乗っ取られている」と発言したのに応じて、作家の百田尚樹氏が「沖縄の二つの新聞社は絶対につぶさなあかん」と言った。

新聞をつぶすというのはファシズムの発想である。独裁政権のもとで御用新聞しかない国はたくさんある。百田氏は日本をそういう国にしたいのだろう。このような意見が政権のすぐ近くから出るのが今の日本なのだろう。

ＮＨＫは籾井《もみい》勝人会長になってからほとんど政府公報のような姿勢になった。「政府が『右』と言っているものを、われわれが『左』と言うわけにはいかない」とトップが言い、下は唯々諾々《いいだくだく》とそれに応じているように見える。イラク開戦の時に英国放送協会（ＢＢＣ）がブレア政権に果敢に抵抗したあの覇気は望みようもない。

近代国家は立法・司法・行政の三権から成るとされる。それに対して報道機関が第四の権力と呼ばれることがある。国の運営に及ぼす影響力が大きく、三権を批判する権能があるからだ。

いまの日本は選挙制度のゆがみによって行政府の力が異常に強く、立法府と司法府はその前にひれ伏している。そういう時こそ第四権力である報道機関の真価が問われるのだろう。

ぼくはこの二週間ほど、百田氏が「つぶさなあかん」と言った『琉球新報』と『沖縄タイムス』を沖縄から送ってもらって読みつづけた。そこにあるのは地方紙ならば当然の、その土地の利害に関わる記事であり意見だった。七十年にわたって米軍基地との共存を強いてきたあげく、今後もまだ負担を強いる。それに賛成する意見が地元で多数であるはずはない。

二紙というところが大事。地方紙が一紙という地域は少なくない。その場合は全国紙か地方紙かという選択を購読者は迫られる。しかし沖縄には二紙あって選ぶことができる。ぼくは十年間、人生の七分の一を沖縄で過ごし、その間ずっと両紙を読んでいた。その時々で論調は微妙に異なり、知事選の前などになると違いがはっきり出た。しかし、ここ数週間、辺野古《へのこ》問題に関して二紙はほぼ同じことを主張している。そうせざるを得ないのだ。

百田氏ならびに安倍政権が本気で二紙をつぶすつもりなら方策がないではない。政府寄りの報道を編集方針とする新聞を沖縄で創刊なされればいい。それが民意にかなうものならば大いに部数を伸ばして既存の二紙を経営破綻に追い込むだろう。それ以外の方法を使ったらそれはまさにファシズムだ。

反知性主義の時代だから歴史など持ち出すと反発を買うかもしれないが、近代国家の経営は啓蒙《けいもう》主義とそこから生まれた人権思想に基づいている。まだわれわれはそれを捨てるに至っていない。行政府が強すぎると民は迷惑をする。それを抑えるために、どこの国も憲法で政府を縛ることにした。

具体的にはフランス革命が大きな転機になった。報道の自由について、意見発表の自由について、フランス革命を用意した思想家ヴォルテールのものとして流布される言葉を思い出そう――「私はあなたの意見には反対だ。だがあなたがそれを主張する権利は命をかけて守る」

(クイズの答え――国後島《くなしりとう》の最東端)

2　本の探しかた

本選びは精錬に似ている

先に、生きていくには「情報」と「知識」と「思想」が必要であると述べた。それらの源泉の一つが本だ。ここからは本をいかに獲得し、更新し、そして手放していくかを伝えたい。もちろんぼくはこうしているという一つの例にすぎない。その中から必要なもの、自分に合いそうな手法を選んでいただきたい。

第一に、読むべき本をどのように手に入れるかについて。

これはなかなか難しいことだ。日本ではいま、一年間に八万点あまりの本が刊行されている。この膨大な本の海の中から、その場その場で自分が必要とする本をいかに見いだすか。

市場に出る本ぜんたいをざっと見て、つまりブラウズ（閲覧）して、その中から関心のある本を選び出す、この「ブラウズから本当に値打ちのあるものを選び出す行為」は、金属の精錬に似ていると思う。

金属の精錬というのは大量の鉱石を処理して、純度の高い、品位のよい宝石や金属などを取り出す作業である。金の場合、原石一トンにつき〇・五グラムが採算分岐点だそうだ。同じように本も大量に刊行されるものの中から、最小限の手間で必要な本を選び出さなければならない。本のマーケットは玉石混淆《ぎょくせきこんこう》と言いたいが、実はほとんどは石ばかり。

精錬について考えるとき、思い出すのはキュリー夫人の逸話。『キュリー夫人伝』の中でいちばん感動的なのは、彼女がピッチブレンドという鉱物を大量に（一説に十一トンという）化学処理して、そこから、本当に少ししか入っていないラジウムを単離する場面である。その肉体労働の量のすごさに驚く。

マリー自身は、ザンクト・ヨアヒムスタール鉱山から、何度も、何トンもの用ずみのピッチブレンドを送ってもらい、それらを一キロ一キロ処理する日をつづけていた。

四年のあいだ毎日、すさまじいほどの忍耐強さで、彼女は科学者と熟練工《じゅくれん》と、エンジニアと肉体労働者を、ひとりでやっていたのだ。（中略）

こうして一九〇二年、ラジウムの発見をキュリー夫妻が公表してから四十五か月後、ついにマリーはこの消耗戦《しょうもう》に勝利をおさめたのである。純粋ラジウム一デシグラムを作ることに、成功したのだ。

（『キュリー夫人伝』エーヴ・キュリー著、河野万里子訳、白水社、二〇一四年）

本を選ぶのにもこれに似た労働量が必要になる。とはいえ毎日少しずつやればよいこと。奮励努力しなければならないわけではない。

以下に書くのは、その労働量を少しでも軽減する支援の手段いろいろである。

広告から探す――PR誌はお買い得

本を探す手段として、まず新聞広告が役に立つ。

新聞の一面のいちばん下の欄に、いわゆるサンヤツ（三段八割）と呼ばれる広告欄がある。ここは従来、特権的に書物の広告を載せる欄だったが、最近は諸般の事情でそれが守られなくなっている。推測するに広告が集まらないのだろう。だから書物以外の広告も載るようになってきてはいるが、それでも主軸は書物で、書物の新刊広告としてはいちばんの表舞台である。

出版社ごとに広告のデザインが違うことに注目するのも面白い。あの決められた範囲でそれぞれに工夫がある。例えば、カチッと文字だけで端正に組んでいるのがもっぱら理科系の本を出す出版社「築地書館」で、これは美しい。

雑誌の広告ももちろん有用。

すべての雑誌に広告があるが、本気で本を選ぶならば、各出版社が出しているPR誌がいい。これは年間購読しても送料ともで千円程度という価格で毎月届き、けっこう読みでがあるから、お買い得だと思う。集英社だと『青春と読書』、角川は『本の旅人』、新潮社は『波』、文春は『本の話』、講談社は『本』などなど。たいていは自社のその月の刊行物について、誰かが書評やエッセイを書くという記事が多く、後ろのほうはだいたい連載が載っている。岩波書店の『図書』は、自社の本についての文章はほとんど載せていない。とても高尚なのだ。

このPR誌において案外大事なのは、ページの左端に入っている、他の出版社の新刊書籍の広告。新聞広告のスペースを買えないような小さな出版社がそうした欄に広告を載せているから、ここでしか出会えない情報に遭遇する。小さい広告が密度高く並んでいて役に立つ。

新聞書評——毎日新聞の場合

次に書評について。

ぼくはどのくらい書評を書いてきたのだろう。ともかく三十年くらいやっている。いまは毎日新聞で年間十本くらい。それから『週刊文春』の「私の読書日記」では、一回につきだいたい三冊を取り上げる。あのコーナーは五人のローテーションだから自分の番は年十回で、三十冊。毎日新聞と週刊文春をあわせると年間四十本ほど。その前は他のメディアもあったから、合計千冊を超えることになるか。

新聞書評の歴史を振り返ると、かつては大変貧相だった。まず量が足りない。およそ八百字ほどでは内容紹介も難しい。

しかも無署名だから責任を持って評価ができない。だから評者が本を褒めなかった場合、対象となった本の著者が間違った相手に腹を立てるなどという頓珍漢《とんちんかん》なことが起きていた。

「あいつが書いたんだろう」と勝手に憶測したりして、それやこれやで、無署名はほぼなくなった。

会議を開いて取り上げる本を決めるというのはどうだろう？

多くの新聞が二週間に一回、書評会議を開いている。その会議で、紙面のバランスを考えた上で書評する本を選んでいく。そこに書評委員の本は（仲間褒めになるから）取り上げないとか、同じ著者の本は年に一冊までとか、日本的な気配りに満ちたルールがあることが多い。

ぼくは、この選び方は本末転倒ではないかと思う。いい本を紹介する、書評はこれに尽きるから。書評委員がいいと本気で思う本ならば、バランス云々《うんぬん》は関係なく載せたほうがいいのではないか。

こういうことを言えるのも、ぼくが毎日新聞で書評を書いているからだ。

毎日の書評欄「今週の本棚」は丸谷才一さんが作った。

あるとき、丸谷さんが日本の新聞書評は短すぎる、とさる座談会で発言した。もっと長く、本気で書いたものに改革しなくては。

丸谷さんの言うこと――

これには事情がある。戦後しばらくして海外の新聞雑誌がはいってくるやうになつたとき、わたしは英文科の大学院学生だつたが、イギリスの書評が立派なのにしたたか感銘を受けた。それは読みごたへがあつておもしろく、人心を楽しませながら文明を指導するものであつた。日本の新聞雑誌の、作家や批評家がホマチ仕事としていい加減に書く短文を気のない編集態度で組合せた書評欄とは大違ひの魅力的な数ページ（戦後すぐの窮乏時代なのに四ページか五ページあつた）で、読者を喜ばせようとしてゐたし、また喜ぶやうに出来てゐた。わたしはイギリス文化のかういふ状況にあこがれ、日本もかうならなくちやいけないと考へた。

（『愉快な本と立派な本　毎日新聞「今週の本棚」20年名作選　１９９２〜１９９７』毎日新聞出版、二〇一二年）

すると間もなく毎日新聞の当時の編集局長の齋藤明さんから電話があって「それをうちの新聞でやってください」とお願いされたという。これは天下の全国紙が一定ページの編集権を人に預けるという、普通に考えたらあり得ないことである。

そこで丸谷さんは書評委員を集めて、座談会で主張したような方針でやることを宣言した。まず長い書評を載せる。分量は二千字、あるいは千四百字。次に会議は無駄だから開かない。書評委員は書評したい本が見つかったらデスクに連絡する。万一かち合ったら、早いほうを優先。ただし、事情によっては譲ることもある。さらに選考委員は基本的に任期なし。書評委員お互いの書いた本も遠慮なく取り上げるし、同じ著者の本を数カ月のうちに再び取り上げることも禁じない。要は著者ではなく本そのものの評価でことを決める。また書評委員には任期はない。だから他紙で書評委員をされている方が腕がいいと見たら、任期切れでこちらにリクルートすることもある。優秀な人だけがどんどん集まる。毎日新聞はこのやりかたでもう四半世紀近くやっている。

もしも批判があるとすれば、文学の比率が高いことかもしれない。それは文学者丸谷才一が引いた路線であって、顧問としてぼくはそれを踏襲している。それでも社会科学系も理科系も充分によい書評を提供しているとぼくは思っている。

ぼくが丸谷さんから引き継いだ経緯について、少し。

発端は、一九九六年、司馬遼太郎さんが亡くなったときに丸谷さんからかかってきた電話だった。「ちょっと話があるんだけど」と言われる。そのとき、先に書いたような経緯で丸谷さんは毎日新聞の書評欄の顧問をしていた。書評委員の人選、それから、毎週の書評欄全体の善し悪《あ》しを見て、少し方針を変えようとか、こういうコラムを新たに作ろうとか、そういう知恵を出す役回りだった。

その丸谷さん、司馬さんが亡くなったときに突然、自分もいつか死ぬかもしれないと気がついた。それでぼくを呼び出して、「ぼくにとってこの書評欄はとても大事なんだ」と言われた。力の入れ方で言えば、丸谷さんの仕事全体の二割くらいを占めていたのだと思う。「だから、もしぼくが死んだら君が後をやってね」と言われた。

そのときは笑って、「そういう人に限って長生きするものですよ」と突き放したと記憶している。そうしたら五、六年前に「ちょっと疲れてきたから、君に渡す」と再び連絡をもらった。それからぼくがやるようになった。しばらくは初心者マークが付いた感じで、折にふれて丸谷さんに相談しながらやっていたが、しばらくすると「とてもよくなった」と言ってくれて、ほどなくして丸谷さんは亡くなった。

このように毎日新聞の書評は方針がはっきりしている。ぼくは社員ではないから「毎日新聞を読んでください」とは言わない。けれど（書評欄が載る）日曜日だけでもコンビニに行って買ってください。「百四十円でこの内容はお得ですよ」と言いたい。

書評の書きかた

三年ぐらい前に、毎日新聞の二十年のベスト書評を選んだ分厚い本を三冊編んだ。

『愉快な本と立派な本　毎日新聞「今週の本棚」20年名作選（1992〜1997）』
『怖い本と楽しい本　毎日新聞「今週の本棚」20年名作選（1998〜2004）』
『分厚い本と熱い本　毎日新聞「今週の本棚」20年名作選（2005〜2011）』

正直言って、これは選ぶのが大変だった。すべての新聞一面分の原寸大コピーをとり、そのほぼ一千回分三千ページを丸谷さんとぼくとで端から読んで絞り込んでいく。丸谷さんは人がいいから、ほとんどにマルを付ける。鬼になるのはぼくの仕事。苦労して作ったこの三冊は、書評の面白さを堪能できると思う。

書評の原理は何かというと、「評」の字はついているものの「評価」ではない。評価は、取り上げるかどうかを決める時点で行うもので、ゆえに、取り上げると決めた時点で済んでいる。よくないと思ったら書評をしないのが原則。ただし、世間で立派な書き手ということになっている人がヘンな本を書いたときは辛口の評価をしてもいい。そういう目的で書くこともないではない。しかるに基本は褒めるものだ。

書評を書く手法について、ぼくのやりかたを。

取り上げると決めた本をまず読む。フィクションであれノンフィクションであれ、読んで、ざっと内容を頭に入れる。それから、どういう方針で書こうか工夫を凝らす。できれば最初の三行程度に、どういう本であるか、つかみを入れたい。続いて内容あるいはあらすじを上手に説明した上で、どこがいい本なのか勘所を伝えて、最後はなるべく枠に締める。実に楽しい仕事である。

文学賞の選考が嫌いなわけ

作家が他の人の作品に関わる仕事には書評の他に文学賞の選考というのがあるが、実はぼくは文学の選考があまり好きではない。だから極力減らしてきて、芥川賞の選考委員を辞めたときはバンザイと喜んだ。いまやっているのは読売文学賞と谷崎潤一郎賞のほぼ二つだけ。

なぜ文学賞が嫌いなのかというと、文学賞はいわば一種の権威を持って、いい作品を決めねばならないから。そのために選考委員みなで、本や原稿を前にして、いいところと悪いところを洗い出して議論するのだが、どうも「これは立派な作品である」と断言する権威的なところが、ぼくの性に合わない。

書評のほうは、「ぼくはこの本が面白かったよ。よかったら君も読んだら？」で済む。つまり好みの問題。とはいえ、ただの個人の好みが何百本、何百冊分も積み重なると、それなりに信用されるようになっていく。

ぼくが褒めた本を買ってくれた人が、その本を読んで面白がってくれたら「なるほど、池澤と俺は気が合うな」「じゃあ次も、池澤がお薦めの本を買ってみよう」と思ってくれるかもしれない。例えば毎日新聞の書評欄のファンになると同時に、ぼくのファンになってくれるかもしれない。書く側としては、そうしたファンができるのは当然喜ばしいことだし、読み手としては、お気に入りの書評家を持つことで本選びの失敗が減るだろう。

書評の読みかた

書評は本を選ぶアンテナとして役に立つ。年間に八万点出る新刊を、数百点まで圧縮してくれるわけだから。

一年で数百点の書評を読むのはそれほど難しいことではない。週に一回、新聞で五本の書評を読めば、それだけで年間二百五十本になる。ほかに雑誌の書評もあるが、すべてを丁寧に読む必要はない。ざっと読み始めて、この本は自分に無縁だと思えば、そこで読むのをやめてかまわない。読むべき本を絞り込むガイダンスとしてこそ書評は存在するのである。

広く書評を読んでいると、そのうちご贔屓《ひいき》が出てくるだろう。これは本に限らず、芝居を観るのでも音楽を聴くのでも同じで、いわゆる評と呼ばれるものを、最初は広く浅く眺めるのでいい。そうしているうちに、この人はセンスがいいな、という誰かが見えてくる。自分と合う書評家が自然と見つかるものである。

これはウェブ上での話になるが、松岡正剛さんが二〇〇〇年から始めた書評サイト「千夜千冊」を参考にするという人は多い。あれは優れている。全体のつかみかたと評価、それから偏見の具合がちょうどいい。一冊につきかなりの分量が書かれているから、言いたいことがたっぷり言えるのだと思う。これはウェブ媒体の強みだ。もちろん、賛同できないことはあるが、それも含めて役に立つ。

最近はある人の書評を集めた本がよく刊行されるが、昔は書評自体が軽んじられていたから、書評だけの本などほとんど出ていなかった。ぼくの『読書癖1』（みすず書房）が出たのが一九九一年で、あの頃からだと思う。「毎日書評賞」（二〇一三年度以降は毎日出版文化賞の一部門）は二〇一六年度で十五回目になる（残念ながら、この回で終了）が、書評賞の対象となる本が出始めたのが、せいぜいこの二十年なのである。

ただし、本についてのエッセイが書評代わりになることはあった。例えば植草甚一《うえくさじんいち》さん。植草さんが書いていたのは書評ではなくほとんどエッセイで、新刊書を扱っているわけではないが、アメリカの新しい作家たち、例えばカート・ヴォネガットの名前などは、植草さんのエッセイで初めて知った人は多いだろう。

そんな中、書評に言及した古い本もある。一つは一九六二年に出版された加藤周一さんの『読書術』（岩波現代文庫、二〇〇〇年）。これにはすでに日本の書評は全然ダメだと書かれている。イギリスには長文の書評があるが、日本のは短くてダメだと。丸谷さんと同じ意見だった。

余談になるが、新聞書評が短かった時代に、ぼくは長い書評をやったことがある。文藝春秋の『文學界』という文芸誌で、いくら長くてもいいという書き放題の書評をした。

このときのメンバーは池内紀さん、大岡玲さん、川本三郎さん、荻野アンナさん、日野啓三さん、松岡和子さん、それにぼく、そして編集長として湯川豊さん。四人で集まってワイワイしゃべりながら書く本を決めて持って帰って、書きたい放題書く。最大、十八枚くらい書いたと思う。これは面白かった。

ぼくが最も力を入れたのはミラン・クンデラの『存在の耐えられない軽さ』（千野栄一訳、集英社文庫）で、これは本当に面白いいい本だった。しかし、翻訳があまりよくないとぼくは思った。千野先生は言語学については権威で、博識な立派な方だったが、それは翻訳の技術とはまた別のことで、ぼくは原文であるチェコ語をまったく知らないままに訳文について少し批判的なことを書いた。そこまでは書評の範囲内であると思った。

本によっては、長大な論も書けるのである。考えてみれば、クロード・レヴィ＝ストロースの主著である『野生の思考』（みすず書房、一九七六年）に添えられた大橋保夫さんの「訳者あとがき」は、訳者以外の誰かが書いていたらイギリス式の「書評」の典型ということになるだろう。

日本の新聞は、イギリスのようなクオリティペーパーではなく、知的レベルは高いけれども何といっても数百万部の大衆紙だから、書評に多くの誌面を割けないという事情があるのだろう。二千字は贅沢《ぜいたく》、千四百字が適当というところか。

得意な書評

書評家は人が気づかなかった本を見つけたときに最も得意になる。

これまでに書評した本の中から、ぼくなりのヒット三冊を紹介する。

一冊目は『北海道主要樹木図譜』（宮部金吾著、工藤祐舜《ゆうしゅん》の共著、須藤忠助画、北海道大学出版会、一九八六年）。世にも美しい図鑑があり、成立の事情もロマンチックだ。

この本については最初に書評を、次にエッセイを書き、それから『池澤夏樹の世界文学リミックス』（河出書房新社、二〇一一年、のち文庫）の中でも触れた。『世界文学リミックス』ではまず『アメリカの鳥』（メアリー・マッカーシー著、中野恵津子訳、河出書房新社、二〇〇九年）という小説のことを書き、それからオーデュボンの『アメリカの鳥類』（Birds of America、一八二七〜一八三八年）という図鑑の話に続き、そこから北海道の図鑑へと流れていった。『リミックス』はぼくが連想ゲームで作った本だから、そういうことができたという事情もある。いずれにせよとてもいい本であり、古典と言ってもいいほどだから、あちこちで紹介した。

最近の例では『戦争と子ども』（西田書店、二〇一五年）。著者はセルビアのベオグラード在住の詩人・山崎佳代子とその息子、光君。

一九八〇年にチトー大統領が亡くなるとベオグラードは内戦続きになり、一九九八年に

NATOの攻撃を受ける。その時期、山崎佳代子さんは内戦による難民の世話をして動き回っていた。一方、十二歳だった息子は学校の授業もなくなり、一人でひたすら絵を描いていた。やがて平和が戻ったとき、息子は自分の絵を見て「こんなの捨てる」と言ったが、母親は二十マルクで息子から買い取って、赤いファイルに入れて保存しておいたのだという。

その絵と、当時のことを思い出して書いた自分のエッセイを足して、最近になって一冊の本にまとめたのが『戦争と子ども』である。何といっても光君の絵がすごい。この本を見つけて、ぼくはかなり得意だった。

もう一つは『はしっこに、馬といる　ウマと話そうII』（河田桟著、カディブックス、二〇一五年）。これは結局書評欄ではなく、二〇一六年一月に、朝日新聞の連載コラム「終わりと始まり」の欄に書いた。

内容は沖縄・与那国島《よなぐにじま》で、馬と暮らしている、というより野生の与那国馬の一頭と仲良くなってお付き合いをしている女性の話。一種のコミュニケーション論といえるだろう。絵もすごくいい。

たまたまこの本を手に取ったぼくは、これは毎日新聞の五枚の大書評でやりたいと思ったが、その欄はすでに他の人の予約が入っていて、先までふさがっていた。早く書きたいという気持ちもあったし、明るい本だから新年にふさわしい、だから朝日新聞で月に一回受け持っている「終わりと始まり」というコラムでもいいだろうと考え、内容においてはほぼ書評をそこに載せた。

ちなみに毎日新聞の「毎日書評賞」受賞作を紹介しておこう。

・第一回（二〇〇二年度）藤森照信『建築探偵、本を伐る』（晶文社）
・第二回（二〇〇三年度）鹿島茂『成功する読書日記』（文藝春秋）
・第三回（二〇〇四年度）富山太佳夫『書物の未来へ』（青土社）
・第四回（二〇〇五年度）谷沢永一『紙つぶて　自作自注最終版』（文藝春秋）
・第五回（二〇〇六年度）池内恵『書物の運命』（文藝春秋）
・第六回（二〇〇七年度）鶴見俊輔『鶴見俊輔書評集成』全3巻（みすず書房）
・第七回（二〇〇八年度）五百旗頭真『歴史としての現代日本　五百旗頭真書評集成』（千倉書房）

・第八回（二〇〇九年度）小西聖子『ココロ医者、ホンを診る？――本のカルテ10年分から』（武蔵野大学出版）
・第九回（二〇一〇年度）苅部直『鏡のなかの薄明』（幻戯書房）
・第十回（二〇一一年度）海部宣男『世界を知る１０１冊――科学から何が見えるか』（岩波書店）
・第十一回（二〇一二年度）堀江敏幸『振り子で言葉を探るように』（毎日新聞社）
・毎日出版文化賞書評賞（二〇一三年度）辻原登『新版　熱い読書　冷たい読書』（筑摩書房）
・毎日出版文化賞書評賞（二〇一四年度）立花隆『読書脳　ぼくの深読み３００冊の記録』（文藝春秋）
・毎日出版文化賞書評賞（二〇一五年度）角幡唯介『探検家の日々《ひび》本本《ぼんぼん》』（幻冬舎）
・毎日出版文化賞書評賞（二〇一六年度）荒川洋治『過去をもつ人』（みすず書房）

そもそもぼくの書評のスタイルは『読書癖１』の頃から変わっていない。

振り返ってみれば、ぼくは誰かと仲良くなるとき、その人の本を書評したことがきっかけである場合が多い。須賀敦子さんもそうだった。

須賀さんとの出会いは、彼女が翻訳した『インド夜想曲』（アントニオ・タブッキ著、白水Uブックス、一九九三年）をぼくが書評したこと。文章の上手な人だったので、ご本人の本が出たときに、すぐに手に取った。その後、どこかで直接顔を合わせて、お互い「あなたでしたか」と。このようにぼくは、自分の読書傾向に呼応して友だちをつくってきたといえる。

文学賞だとこうはいかない。どうしても賛成できないときの芥川賞の選評は当然褒めないことになるから、「あいつが落とした」と言われる。たとえ受賞しても、「あいつは褒めなかった」と言われる場合もあるだろう。

参考までに、『怖い本と楽しい本　毎日新聞「今週の本棚」20年名作選』のまえがきをここに載せておこう。

悪魔の弁護人

池澤夏樹

何年も前のことだが、その頃住んでいた沖縄の家の近くに照喜名《てるきな》商店という店があった。那覇から小一時間、太平洋を目の前にした村で、小さなスーパーまでも車で五分歩けば二十分というところだから、照喜名商店は日常の食料からちょっとした雑貨まで何でも売っていた。

お小遣いを持った子供たちが店頭で駄菓子の中から何を買おうかと迷っている。それを見ながら初老の店主がぽつりと言う――「迷うのが喜び」。

この箴言めいた言葉をしばしば思い出す。

書評の第一歩はまずもって迷う喜びだ。数ある新刊の本の中からどれを取り上げようか。これもいいしこれもおもしろいがしかし一回に扱うのは原則として一冊だけ。何冊かをまとめて論じることもあるけれどその何冊かには何かつながりがなければならない。

毎日新聞の書評欄「今週の本棚」は書評者が自分で本を選ぶという制度になってい

る。

そんなの当たり前だろうと思われるかもしれないが、雑誌の書評の大半は指名制である。

Aという本が出た。おもしろいらしい。ではこの書評をBさんに頼もう。そう判断して発注するのは雑誌の編集者Cである。AとBの組合せがうまくいけばよいものが書けるがいつもそうとは限らない。主導権を握るのはCであり、その判断が結果を左右する。その代わり、組合せの範囲は広く誌面は変化に富んだものになる。

新聞書評の多くは委員会方式になっている。月に二回ほどみんなで集まって、その間に刊行された本を卓の上に積み上げて討論する。自分の専門分野に応じて見ながら選んでゆくのだが、その場で初めて見る本も多い。それとは別に本の選択に他の委員の意見も影響する。昔、某紙で書評をやっていた頃は「きみ、これ、やりたまえ」と大御所に言われたことも一度ならず。勉強にはなったけれどどうも批評という仕事の王道ではないような気がした。

毎日新聞では自分で選ぶ。

編集部から毎週送られる新刊書のリストや自分の情報網その他を駆使しつつ本屋の

店頭にも立って、書評したい本を選び出しデスクに伝える。時には同じ本に複数の書評者が手を挙げることもあるが、その時は先着順を基本原則としてデスクが調整する。

誰もが毎回迷う。本が読まれなくなったという嘆きは世に充ち満ちているが、それにも拘わらず数万点の書籍が毎年刊行されている。実際の話、名著と良書は毎日のように出ているのだ。それを見つけて世に示すのが書評の役割なのだから迷うのも仕事のうち。むしろ仕事はそこから始まる。

ヘラとアフロディテとアテナ、誰がいちばん美しい女神かと問われたパリスの胸躍る悩みを思い出そう。女神たちはさまざまな報償で彼を釣るが、人間界でいちばんの美女を約束したアフロディテが勝つ。かくしてパリスはヘレネを得るけれどこれが人妻だったから大騒ぎ。幸い書評対象の選択には現実的な報償はなく、ただよい本を世に紹介したという喜びだけが残る。

このところぼくは同じ悩みを濃縮された形で味わっている。

この『毎日新聞「今週の本棚」20年名作選』全三巻を編むために二十年分の、すなわちおよそ三千ページに垂《なんな》んとする新聞紙面から「名作」を選ばなければならない。

一人でするわけではなくこの欄の創始者である丸谷才一さんと二人三脚。丸谷さんが粗選びしたものを改めて精選するという下流側の役割である。だがしかし、心優しい丸谷さんはよい書評を捨てかねてずいぶんたくさんの書評に丸を付けてぼくの方に回してこられる。母集団が数千本だからずいぶんたくさんは実際とてもたくさんである。すごくたくさん。

その心情はお察し申し上げるに余りある。実際、読んでいけばどれも捨てがたいのだ。一本一本の書評を読んでいると無限にあるように思えてくるし、対象となっている本が自分の本棚にあればそっちまでちょっと読み始めたりして。ぼくだって丸谷リストをそのまま実現したい。だがそうすると『名作選』は三巻ではなく三十巻になってしまう。ここは心を鬼にしなければならない。

さて、ローマ教皇庁を頂点とするカトリック教会には聖者というものがある。多くの者を信仰に導いた篤信《とくしん》の者が候補として推挽《すいばん》される。その際、殉教《じゅんきょう》しているかあるいはその生涯に奇跡を起こしたことが必須の条件となっている。推す側はその証拠を添えて列聖を求め、裁定が行われる。たいてい当人の死後何十年も何百年もたってから決まるのは生臭い個人崇拝の熱が冷めるのを待つためだろう。実際、ジャンヌ・

ダルクが聖者になったのは処刑されてから五百年近くたってからだった。

この列聖の審査は裁判に似ている。証拠の提出、関係者の証言があり、推す側と反対する側にそれぞれ弁の立つ者が就いて議論を戦わせ、裁判官に当たる者が最終的にことを決める。ここで反対する側に就く者を「悪魔の弁護人 advocatus diaboli」という。

わざわざこんな迂遠《うえん》なことを述べるのは、自分の立場がこの「悪魔の弁護人」に似ていると思ったからだ。意地悪をしているのではない。しかし誰かが厳密を計らなければ世の中は聖者だらけになってしまう。それと同じで誰かが選ばなければ『名作選』はいくらでも大きくなる。心苦しい立場なのだ。

列聖と同じで選ぶには基準が要る。

対象となった本が今も価値があること。これがいちばん大事だ。今回の巻で言えば収録するのは一九九八年から二〇〇四年までの間に紙面に載った本だから、それ以来の歳月の審査を受けている。今でも読みたいと思わせる本、今でも世に広く読まれるべきだと思われる本を取り上げた書評をまず選び出す。これは言ってみればその本が古典になるための第一歩である。

実際ぼくは今回の選定を進めながらついつい誘惑に負けてずいぶんたくさんの本を買ってしまった。たいへんな散財であり、書評が今も現実的に機能していることの証明でもある。

その一方で、もっと安直な楽しい基準もある。

書評として、一片の読み物として、うまいというだけでもいいのだ。書評とは話題を新刊の本ということに限定した一種のコラムである。エッセーと違うのは文字数が決められていること。文章がうまくて、粋で、構成にも工夫があって、ユーモアがある。芸達者な書評者たちのその芸を見せたいと思うことは少なくなかった。

この『名作選』三巻はこの二十年の日本の出版文化の精髄である。日本人はこういう風にものを考え、感じ、外来の思想や文芸を受け取り、今に至った。政治はひどかったし経済は低迷したが、我々は知的にはかくも素晴らしい日々を送った。そう思いながら振り返るよすがとして『名作選』は役に立つと自負する。

二〇一二年七月　札幌

さらに模範的な書評として、冨山太佳夫《とみやまたかお》さんが『新グローバル英和辞典』について毎日新聞に書いたものを紹介する。

冨山太佳夫評『新グローバル英和辞典』

木原研三、福村虎治郎編(三省堂)

●パラパラとめくる辞典の楽しみ

K君、さて、困ったなあというのが正直な感想です。きみは大学を卒業してから何年になるのだろう? 大学生のうちはそれほどでもなかったのに、ここに来て急に英語の勉強をしたくなったということですか。仕事上の理由もあるとのこと。まあ、動機はともかくとして、ぼくも英語の教師である以上、それはいいことだと答えるしかないけれどね。

しかし、いきなり電話してきて、短期英語マスター法を教えろなんてのはムチャだと思うよ。そんなうまい方法があればとっくに自分で実行している。そんなうまい方法はありません、これがぼくの返事。まあ、いろいろな方法はあると思うけどね。テレビやラジオの英会話やテープの教材を使うとか。あとは工夫と努力。幸運を祈るよ。

というのでは愛想がなさすぎるというのであれば、そう、ひとつだけ、英和辞典を読むことを勧める。試験とか何とかいうことを離れて、パラパラとめくってみるといい。中学生以上のほとんどすべての日本人が必ず一度は手にしていながら、これだけ軽視され、無駄使いされている〈本〉はないかもしれないね。辞書というのは、ものすごい量の情報のつまった宝の箱なのに。しかも、このパラパラめくりは数分あれば楽しめるわけだから。最近の英和辞典はどれも質が向上して、ミニ百科辞典的なところも備えている。

たとえば出たばかりの『新グローバル英和辞典』をパラパラしていると――断っておくけれど、辞書なんて引くものじゃない、読んで遊ぶものだよ――African-American の項には、「アフリカ系アメリカ（黒）人。black よりさらに無難な名称」とある。それで次に black を見ると、肌の色をめぐる人種偏見とのからみでこうした言葉が出てきたらしいことが分るというわけ。評論家とか解説者の説明をありがたがらなくても、自力で分る。

大体、色についての説明は面白くてね、blue film だと「ポルノ映画」なのに、blue

bloodだと「貴族の家柄」になる。同じブルーなのにこの落差、ゼッタイ笑えるよ。

valueという言葉のことを覚えているだろうか。きみたちがこの言葉の複数形を「諸価値」と訳すたびに、ぼくが、社会科学スルナと怒ったのを。名詞の複数形とみれば「諸」をつける愚劣さ。それで英文を読んだと錯覚する鈍感さ。マルクス関係の本の翻訳にでてくる「諸価値」を「価値観」と、あるいは価値体系と訳してごらんよ。論旨がどんなに大きく変わり、筋が通ることとか。『新グローバル』はちゃんとこの訳語を採用している。研究社の『新英和大辞典』第五版にはこの訳語はない。面白いから、他の辞典でも試してごらんよ——実はこれが英和辞典の買い方のひとつのコツなんだ。

同じような英和辞典が何種類もあるときには、いくつかの同じ言葉を（名詞、動詞、助動詞などから一つずつ選んで）、その説明の仕方を比べてみるといい。そして自分に一番合う気のするものを選べばいいわけだ。それからケチをせず、ときどき新しいのを買うこと。辞典はどんどん変化しているんだから。

『新グローバル』はずいぶん新しい語をとっているよ。deconstruction（「脱構築」）なんて批評の用語をのせたのは、この辞典が初めてじゃないかなあ。と、感心して

gender を見ると、その訳は「性・性別」。少し古い。この訳では、セクハラをめぐる議論にでてくる sex と gender という二つの言葉の読み分けが充分にできにくいと思う。これは教室できみたちと一緒にテキストを読んでいたときの体験からくる不満。

固有名詞も面白いのがふえて、映画スターの名前も多いし（編者の好みが出ているかもしれないな）、Charlie Brown や Snoopy なんて項もある。前者の説明は、「米国人 Charles Schulz（一九二二—）の漫画 Peanuts に出る覇気の無い子供」、後者は「米国の漫画（C. M. Schulz 作 Peanuts）の主人公の犬」となっている。K君、きみにもこの二つの説明がバランスを欠いていることはすぐに分ると思う。ミスを見つけたなんて力むことはないさ。どんな辞典にだってミスはあるわけで、それを探すのだって辞典を読む楽しみのひとつなんだから。

それから、例文がたくさん挙げてあって、訳がついているから、短い時間で解釈の練習もできるし、日本語の勉強になる。言葉や表現をおぼえることもできるもの。きみはもう試験からは解放されているわけだから、試験のときとは違うふうに英和辞典を楽しんだらいいと思う。今の辞典はすごいマルチ・メディアになっているから。

編者の木原研三というのは悪い人でね——いや、違う、違う、そうじゃない、口の悪い人でね。敬愛すべき辞書作りの達人。ぼくの好きな先生。もうこの新しい英和辞典の改訂作業に取り組んでおられると思うよ。そうして出来上がる本だもの。じっくり楽しまなきゃ。

（英文学／とみやま・たかお）

（毎日新聞、一九九四年三月七日掲載）

3　書店の使いかた

リアル書店に行くのはどのようなときか

　この章では、本を探すための書店の使いかたについて話したい。インターネット書店のことは後で述べるとして、まずはリアル書店について。

　第一に、必要な本がわかっていて急ぐ場合は、大きな本屋に行くべきだ。または、必要な本が絞り切れていなくとも、ある分野の本をざっとたくさん見たいときも大きな本屋へ行く。一方で、自分の趣味で選びたいときは、小さくてセレクションのいい本屋に行くのがいい。

　具体的な本屋名を挙げると、ぼくにとってちょうどいいサイズは、例えば銀座の教文館である。あそこは店内をひと回りすると、新しい本がひと通り目に入る。それからセレクションが絞られながらも古い本も残してある。

また、建築、美術、旅行関係などの本に気が向くときは、同じく銀座にあるLIXILのブックギャラリーへ行く。あそこのセレクションは面白くて、つい買ってしまう。銀座に限らず、いまはセレクションに特徴のある本屋が増えているから、自分に合ったセレクトショップを見つけておくと楽しいだろう。

本屋に行って棚をざっと見ていると、「ぼくを買って!」という本が目に飛び込んでくる。

そうした本に出会ったら手に取って、まずタイトルと著者名を見る。それから日本の本には、海外の本にはほとんどない「帯」というものがついているから、この帯に書かれている惹句《じゃっく》を読む。帯は、本によってサイズやデザインが違ったりとバラエティに富んでいる。誰かの推薦文が載っていることもある。ぼくもよく書くが、それを信用するかどうかじっと見る。本との真剣勝負、第一ラウンドだ。

次に中身をめくってパラパラと見る。さきほど「本の探しかた」の章で紹介した『戦争と子ども』や『はしっこに、馬といる』のように、絵が入っている本なら絵も見る。こうして外側と内側をざっくりと確かめて、本の佇《たたず》まいをつかんでいく。

実際に本を手に取って中を見ることで、我々は極めて多くの情報を得ることができるから、これは本選びにおいては非常に重要なプロセスといえる。

ぼくが編集した『世界文学全集』の造本を決める会議では、箱入りにするかどうかが大きな議論点になった。昔の文学全集は立派な箱に入っていた。全集は「蔵書」だから、知的資産らしい、ものものしさを醸し出さなければいけないと考えられていたからである。

しかし、箱に入っていると、店頭で中を確かめにくい。箱を外すという手間が、ワンステップ増えるのがよくない。話し合いの結果、一人でも多くの人に手に取ってもらうために、箱はやめることになった。代替案として、プラスチックのカバーをつけてはどうかという意見も出たが、サンプルを作ってみると、手に取るとするっと本が落ちてしまう。結局、それもやめることになり、最終的に普通のグロスPP加工の帯付きの表紙に落ち着いた。

箱入りはやめたが、一冊一冊表紙の色を変えた。あの色については、配列したときにきれいに並ぶように、かなりの思案を重ねた。発売後、あの装丁のおかげで、本屋が長く飾ってくれている。見場がよく、存在感があるのが好評。その辺りはデザイナーと営業のセンスの勝利だと思っている。

いずれにしろ大きな本屋に行くときは、こちらの頭の中に、ある程度のセレクションがなければならない。無目的に見て回るには広すぎるからだ。つまり大きな本屋はストックで勝負をしているわけで、そのストック全部と付き合うのはなかなか難しい。

ただし、最近の大型書店には椅子が置かれている。言ってみれば立ち読みOKになっているから、一日かけて遊ぶなんて使いかたもあるのだろう。そのとき注意したいのは、商品である本を決して汚さないように丁寧に扱うこと。本屋にある本はすべて大切に扱う。ノドをギッと乱暴に開いたりしてはいけない。

大型書店が役に立った事例

大型書店がどのように役に立つか、一つ実例を紹介しておこう。

ぼくは数カ月前、ある長めのエッセイで、福島の原発問題を取り上げた。毎年三月十一日が終わると、みなその件は終わったことにして、原発問題について次の記事がほとんど出ない。だからこそ五月に出る雑誌に大きく書きたいと思った。

そのためには参考書が必要になる。参考書の第一は、ぼく自身がかつて訳したオッペンハイマーの伝記『ヒロシマを壊滅させた男オッペンハイマー』（ピーター・グッドチャイルド著、白水社、一九八二年)。もう一つはジョン・マックフィー(John McPhee)の『原爆は誰でも作れる テッド・テイラーの恐るべき警告』(文化放送開発センター出版部)という恐ろしいタイトルの本。翻訳が出たのは一九七五年、原書は『The Curve of Binding Energy(結合エネルギー曲線)』という物理学用語がタイトルになっており、邦訳の前年、一九七四年に出版されている。

この本についてはほろ苦い思い出がある。最初に原書で見つけ、自分で訳したいと思ったのだ。著者のジョン・マックフィーは大好きなアメリカのノンフィクションライターで、いちばんの名著は『アラスカ原野行』(越智道雄訳、平河出版社、一九八八年)だろう。『原爆は誰でも作れる』は核物理学者へのインタビューと、マックフィー自身の考察から成っており、読んで非常に意味があると思ったからぼくが訳したいと、某社に持っていった。すると某社は検討して、ほどなく「面白そうな本だから、ぜひやってください」という通知が来た。晴れて翻訳が決まったわけだ(これまでぼくの翻訳はだいたい自分のほうから持ち込んだものだ)。

早速、参考書を探そうと大きな本屋に行った。すると、なんとそこにその本の翻訳があるではないか! すでに日本語訳が出ていたということは、出版社の版権の交渉時に何か見落としや行き違いがあったのだろう。当然のことながら、自分で訳す話はここで立ち消えになった。知らずに訳し始めなくてよかった。品ぞろえのよい大きな本屋に行ったからこそ日本語訳を発見できたのだ。

原発記事の話に戻すと、参考にした三冊目の本が『The Los Alamos Primer』。原爆を作るとき、オッペンハイマーが年下の物理学者に書かせた入門書である。

この本の存在はオッペンハイマーを訳した際に知った。当時、優秀な科学者がアメリカ中から集められて原発の開発を行っていた。いま我々がやっていることについて簡単な記録を残しておいてくれと、オッペンハイマーが指示してできたのが『The Los Alamos Primer』である。

『ヒロシマを壊滅させた男オッペンハイマー』を訳していた一九八〇年代当時は、この本を手に入れることができなかった。ところが『アトミック・ボックス』(毎日新聞社、二〇一四年)を書いている途中にインターネットで検索したら、すでに公開されていて、全文ダウンロードできるではないか。こうした点はインターネットは非常に便利であり、またアメリカがどんどん情報公開をしてくれるのはありがたい。その点、日本の官僚は実にケチだ。

その他にも、あの事故によって福島がどうなったのか、改めて経緯をきちんと押さえなければいけない。こういうとき、大きな本屋は役に立つ。原発事故のコーナーができており、そこに行けば関連書をほぼすべて見ることができるからだ。

原発事故のコーナーにあるのは大半が原発はやめましょうという内容だが、賛成・反対という立場は横において、ファクトだけをまとめているものもある。その一つが事故調査報告書である。これも何種類かあって、国会によるもの（通称「国会事故調」＝東京電力福島原子力発電所事故調査委員会）、民間によるもの（通称「民間事故調」＝福島原発事故独立検証委員会）、政府によるもの（通称「政府事故調」＝東京電力福島原子力発電所における事故調査・検証委員会）、それから学会によるものもある（通称「学会事故調」＝東京電力福島第一原子力発電所事故に関する調査委員会）。こうしたものすべてに目を通して事実を詰めていかねばならない。

それから『メルトダウン　連鎖の真相』（ＮＨＫスペシャル『メルトダウン』取材班著、講談社）という、ＮＨＫが二〇一三年にＮＨＫスペシャルとして放送した番組をまとめた本も参考にした。二〇一六年の三月には『原発メルトダウン　危機の88時間』というシリーズ最新番組を放送していたから、これも本としてまとまったら手に入れておきたいと思っている。

ぼくが行った札幌の丸善北一条店（現在はＭＡＲＵＺＥＮ＆ジュンク堂書店札幌店）には、原発関連の本が本棚二つ分ぐらい置いてあった。骨太の情報が欲しいときはこのくらい大きな本屋に行くのがいいだろう。

インターネット書店について

ここでインターネット書店について簡単に触れておきたい。

インターネット書店は、書店に足を運ばなくて済むから確かに楽である。便利である。ものすごく品ぞろえもいい。だからぼくも使っている。

しかし、大きな問題があって、第一に「この本」と決めてないと買えない。

それからもう一つ、本を手に取らず、中身を見ないまま買うわけだから、便利であるけれども、楽しくない。不要なものを買うことも多い。

そうした弱点をカバーしようとしてか、例えばアマゾンからは、一冊本を買うと、この本もいかがですか、この本を買っている人はこんな本も買っていますよという、お薦め本を教えてくれるメールが届くようになった。ところが、これがだいぶずれていることがある。時々ぼくに、ぼくの書いた本を薦めてくれるから、売るほどありますよと言いたくなった。

繰り返しになるが、アマゾンが圧倒的な品ぞろえで便利であることは認める。それから、いわゆる「ロングテール」効果も、インターネット書店だからこその利点である。つまり少量であっても長く売ることで利益を出す。これが圧倒的な品ぞろえにつながっており、読者にとっても大変ありがたいことである。

しかしインターネット書店は楽しくない。これは少なくともぼくにとっては、いかんともし難い点なのだ。

古書店の楽しさ

次は古書店について。

古書とはずいぶん長く付き合ってきた。古書店に出入りするようになったのは小学生の頃だ。まず安い。よく探すといいものがある。すごく嬉《うれ》しかった。三軒茶屋の古書店で戦前の『航空朝日』（朝日新聞社、一九四〇～四五年に刊行）のバックナンバーなど見つけて喜んでいた。やがて神保町の書店にはなじみが多くなった。一誠堂書店、小宮山書店、田村書店、洋古書の北沢書店、とんでもない値段の古典籍を扱う弘文荘（通信販売のみ。ここの主の反町茂雄さんの本は面白い。その一方で、『日夏耿之介《ひなつこうのすけ》全集』の編集を手伝っていたとき、弘文荘にこの詩人の原稿が売り物として出ていると知って、ちょっと見せて頂きたいと願い出てぴしゃりと断られた苦い記憶もある）、三茶書房（ぼくは元の三軒茶屋のときから知っていた）、中国系は内山書店（戦前は上海にあって文豪たちが出入りしていたという）、理系ならば明倫館書店……。かつてはどこも棚の配置を覚えていた。

本を手に入れるためになぜ古書店が必要かと言えば、いま新刊書の寿命は短く、すぐに絶版品切れ、再版待ちになってしまうから。新刊書店には、古い本でいいものはほとんど置いていない。この傾向は年々強くなっている。

もう一つは、何といっても新刊書店と同じくらい、出会いの場としての魅力があること。「全然知らなかった」という本が、それこそ向こうから目に飛び込んでくる。このときの高揚感といったらない。持ち帰ってしみじみと読む、その帰路が楽しい。

古書店には、新刊書店より時代的にずっと広範囲の本が目の前にあり、直接手で触れ、お金があれば買うことができる。価格の幅も広く、店頭の百円均一から、それこそ一千万円以上のお宝まである。とはいえ百円均一の中にも、探せば相当お値打ちの本もある。最近の幸福な出会いは版画家にして詩人の川上澄生《すみお》さん、栃木・宇都宮《うつのみや》の高校教師でもあった人だ。

ある日のこと、ふらりと立ち寄った札幌の並樹書店の店頭で、ぼくは川上さんの中公文庫の端本を一冊百円で見つけた。ちょいと見たら詩がとてもよかったから、店に入って購入した。じっくり読んで、やはりいい本だからエッセイか何かで書こうと思うと、今度は十二巻そろった文庫本のセットが欲しくなった。

古書業界を変えた「日本の古本屋」というサイト

そんなときに登場するのが「日本の古本屋」。日本の古書業界をガラリと変えた古書サイトである。「日本の古本屋」はインターネット書店の一種だから、アマゾンと同様、書名が特定できていないと買えない。ただし特定できている場合は、ほとんどの本が手に入る。このサイトには日本全国九百軒の古書店・古本屋が参加しており、登録冊数は六百万を超える。書名はもちろん、著者名や出版社名、刊行年、あるいは古本屋名などから、詳細な検索を行うことも可能だ。

このサイトがなかった時代、古本でコレクションをそろえるにはひたすら古書店を歩きまわるしか方法がなかった。運がよければそろうという、いわば運試しのようなもの。だから「最後の一冊が手に入った！」という類いの喜びが、コレクター趣味の人にはあった。

ところがいまは、普通の本であればたいてい「日本の古本屋」にある。

つまり古本屋は、店舗がなくても成り立つ商売になった。客に店まで来てもらう必要はもうない。古書を仕入れて分類して、値をつけて、インターネット上のマーケット「日本の古本屋」に出しておけば、日本中から注文が来る。

買い手は、同じ本が複数の古本屋にあるときは、値段や保存状態で比較することができる。保存状態は基本的に各社共通のガイダンスに則《のっと》って書いてある。「背が焼けていますとか、「書き込みありません」とか、「もとの月報が付いています」とか、そうした情報を見て比較検討をする。インターネット古書店の登場によって、古本を手に入れる手間が大幅に減ったことは間違いない。

もちろんいまでも古書店を歩くのは楽しいし、先ほど紹介した川上澄生の本のように、歩いて出会えた本というのはある。だから札幌の並樹書店など、セレクションのセンスが自分と似ているなという古書店にはつい立ち寄ってしまう。しかし危ないからできるだけ店内に入らないようにする。危ないとはどういうことかというと、ぼくはこれまでたくさんの本を手放してきたから、「懐かしいな」という本に出会ってしまうのが恐い。このあいだ店頭の百円均一で川上さんの本を見つけた際も、店の中ではなるべくよそ見をしないようにパッと買ってスーッと出てきた。途中で「おっとっと」と、立ち止まらないように。かつて自分を通り過ぎていった本たちに再会できる喜びは、新刊書店では味わえないものである。人間と違って本の見た目はそれほど年老いていないから、懐かしさはこの上ない。

このように古書店を歩く楽しみはいまも昔も変わらないのだが、「日本の古本屋」というシステムができたおかげで、古本が手に入れやすくなったと同時に、本を手放しやすくなった。本の手放し方については「5　モノとしての本の扱いかた」で詳しく述べるので、ここでは簡単に触れておこう。

家の本棚にはどうしたって限りがある。かつ、自分の知的な世界図を更新していこうとすると、本も更新していかねばならない。つまり新しい本を買わなければならない。当然、スペースがなくなる。部屋のどこもかしこも本になる。手放さざるを得ないわけだ。

ではどの本を手放すのか。これは自分なりのルールを決めるしかない。「三年間一度も開いていない本は手放す」なり、「興味のなくなった分野はいったん手放す」なり。仕方ないのだ。無限の書庫はないのだから。どうしても無限の書庫が欲しい人は、廃校になった田舎の小学校などを借りて置いておくしかないだろう。

贅沢な書庫を持った人もいる。例えば井上ひさしさん。生前に故郷の山形・川西町《かわにしまち》に「遅筆堂文庫《ちひつどう》」（井上さんはいつも締め切りに間に合わないから〝遅筆堂〟）が造られ、作家の蔵書を全部ここに移して市民が自由に閲覧できる図書館を造った。スタート時の蔵書は七万冊だったが井上さんの蔵書は増え続け、現在は約二十万冊。地元の人たちにとっては最良の図書館ができたようなものだ。

ぼくの場合はむろん、有限の棚しか持たないから、だいたい半年ごとに懇意な古本屋に引き取ってもらっている。段ボール十箱程度にはなる。

貧しい時代は、その日の晩飯代を得るために、古本屋に行ったこともあった。埼玉・北浦和の奥のほうに暮らしていた頃、本当にお金がなくなって、仕方がないので本を三十冊ほど束ねてバスに乗った。駅前の古書店で金に換えるつもりだったのだが、その日はたまたま水曜日で本屋は休み！　あの後はどうしたのだったか。

練馬・大泉学園にいた頃はいつも武蔵野市吉祥寺のさかえ書房（二〇一二年に閉店）に本を売りに行った。一度だけ詩人の金子光晴さんを見かけたことがある。金子さんがあの店を恋人への手紙の中継所に使っていたという伝説があった。

いまは古書の値段が下がっているといわれるが、読み捨ての軽い小説や実用書などでなく、一定以上の価値のある本ならば、古本屋は引き取ってくれるはずだ。

話を戻すと、「日本の古本屋」の登場によって、手元の本を手放しても、いざというときにはたいした労なく再び手に入れられるようになった。一度読んだ本だからタイトルを覚えている。おおよその内容も覚えている。だから何かものを考えているときに「あの本に書いてあったな」と思い出したら、もう一度買えばいい。「日本の古書店」を使って。本棚に対して払う家賃と、もう一度買う分のお金は、大差ないのではないか。

図書館の使いかた

書店ではないが、「図書館」についても触れておこう。

ぼくの場合、本は急に必要になることが多く、また普段からあちこち飛び回っているので、図書館をうまく利用できない。それでも古書店に頼んでも間に合わないときや、特別な本が必要なときは、まずインターネットで札幌の中央図書館に在庫があるかどうかを確認し、車を飛ばすことはある。

図書館に行けばたいていの本は借りられる。貸出禁止の本であっても館内で閲覧するこ

とは可能だし、コピーもできる。本と付き合うにあたって図書館は大変便利なものである
ことは間違いない。

ただし図書館に関してはいくつか議論がある。

一つは、TSUTAYAは有料でDVDを貸すのに、なぜ図書館は無料で本を貸すのか、
というもの。つまり著者にしてみれば、たとえ何人もの人に著作が読まれたとしても、印
税は入らないわけだ。図書館には割高な定価で購入してもらうという国もある。しかしこ
の制度をとると、予算の少ない図書館が悲鳴を上げることにもなる。それでなくても文化
への予算配分が薄い国なのだから。

ベストセラーを何冊も置いている図書館もある。これは図書館のありかたとして適切で
はないというのがぼくの意見。本は文化財だから特別扱いしてもいいのかもしれないが、
それでも、節度が欲しい。ベストセラーが一つの図書館に一冊しかないと、読者は数年待
ちという状態になるのかもしれないが、それは仕方ないだろう。

こうした問題はあるものの、いずれにしろぼくは図書館という制度はよいと思っている
し、講演を依頼されれば出かけていく。

しかし、このあいだ、ちょっと苦言を呈してしまった。

『水俣病の民衆史』（日本評論社、二〇一五年）という全六巻、定価合計五万二千三百八十円という本がある。これはとんでもない名著で、絶対に世に広めなければいけない。それで全六巻の書評を書き、念のために、札幌中央図書館に入っているか蔵書をチェックした。そうしたら入っていなかった。こういう本こそ入れるべきだろうと書評に書いた。

他の図書館も調べると、横浜市立図書館には入っていた。広島市立には入っていなかった。東京は、中央図書館には入っていたけど、多摩には入ってなかった。

これは図書館の見識の問題だと思う。高い本だからこそ、図書館には入れてほしい。この本は一人の著者、岡本達明氏が十五年がかりで水俣の小さな村にほとんど住み込んで、人名索引に出てくるだけで千人以上の話を聞いてできた本。すごい仕事をする人がいるものだと驚いた。この本の書評がいかに苦労したかという話は、次章「4　本の読みかた」で詳しく述べる。

いずれにしろ図書館と仲良くするのはいいことだ。ぼく自身は、仕事柄、目を通さなければならない本の量が多すぎて、図書館ではスピードが間に合わないために利用することはあまりないが、一般的な読者なら、新聞広告を見て、雑誌の広告を見て、気になった本を図書館に行って探して読む、という付き合いかたは悪くない。

図書館に読みたい本の蔵書がなければ「入れてください」と注文できる。リクエストすればたいていの本は入れてくれるようだ。だから大いに活用してほしい。

とはいえもちろん、図書館で借りるのではなく、自分で買って読みたいという本もあろうが。

こうまで書いた以上、『水俣病の民衆史』のぼくの書評をここに再録しよう。

一人一人の生きた日々の記録の束

水俣病は厖大《ぼうだい》な数の不幸な患者を生み出したが、その一方でこの歴史事象は我々に思索を強《し》い、多くの名著を生んだ。石牟礼道子の『苦海浄土』、原田正純の『水俣が映す世界』、ユージン・スミスの『水俣』、そして西村肇・岡本達明の『水俣病の科学』。

この最後に挙げた本の著者の一人である岡本達明がさらなる偉業を成し遂げた。『水俣病の民衆史』は全六巻、索引も含めると三千七百七十二ページの大著である。

岡本は水俣の月浦《つきのうら》、出月《でづき》、湯堂《ゆど》という三つの村を対象に病気の発生以前から今に至る歴史を徹底した聞き書きによって辿《たど》った。これが本書の主要部分を成す。それぞれの村は百戸ほどの大きさで、ここに住んで病気に関わった人々の生活と病状、外部からのさまざまな働きかけなどが彼ら自身の言葉を通じて記述される。

六巻はそれぞれ「前の時代」、「奇病時代」、「闘争時代　上」、「闘争時代　下」、「補償金時代」、「村の終わり」と題されている。

まず工場とは無縁の静かな暮らしがあり、そこに病気が襲来し、家族を失い、辛《つら》い歳月が続いて、ようやく志ある人々の力で病像が明らかになり、しかし会社も県も国もひたすら欺瞞《ぎまん》を重ねて責任を回避し、裁判が重ねられ、補償金という形で幕引きが図られ、それがまた混乱を引き起こし、やがて村はなくなった。

総括すればそういうことだが、これは無数の細部の集成である。数字で括《くく》るのではなく、一人一人の生きた日々の記録の束として書き残されなければならない。会って、聞いて、書いて、整理すれば筋道は自《おの》ずから見えてくる。大部な本になったのはそのためだ。

そして人の口から出た言葉を記したものだからこそ、敢《あ》えて言うが、おもしろい。

大河小説のようにおもしろい。ざっと人名索引で数えても登場人物は千人を超える。

書評者として正直に言うと、ぼくはこの六巻を始めから終わりまで精読したとはまだ言えない。目次によっておおよその組立を知り、何か所かを丁寧に読み、それによって全体をざっとつかんだ。そしてこれは大鉱脈であると思った。

坂本フジエという方がおられる。大正十四年生まれ。湯堂に住む著者の「共同調査者」である。文化人類学に言うところのインフォーマント。索引には彼女に関する項目が百五十ほどある。それを追って読んでゆくと、はじめのうちは村の生活や近隣の人たちの相互関係などが主な話題なのに、第二巻の五百十七ページに至って「患家レポート21　劇症型発病死亡の幼い姉と胎児性の妹」の章で「市民会議調査録」の引用に出会う。事務的な淡々とした文章が長女真由美の病歴を伝える。昭和二十八年に生まれたこの子は昭和三十一年の六月に「棒切れなどにつまずいて転ぶ」ようになり、「握力、視力、言語」に障害が起こり、立てなくなり、八月のはじめには「失明、四肢強直、流涎」、二年後の一月三日に「死亡」。四歳と五カ月。湯堂の自宅で」。

次女しのぶは出生の四か月後に「首がすわらない、這《は》うことができない。体を起こしても座ることができなかった」。その五年後に生まれた長男保は「正常児」。

この母親は、十四年後の昭和四十五年五月、チッソ水俣工場の正面玄関前で、死亡した患者の家族が座り込みの形で開いた慰霊祭で「被害者の私たちはやはり自分でたたかうしかない」という激烈な「あいさつ」をすることになる。

その後は狂乱の「補償金時代」。チッソと国は限定された数の認定患者に補償金を払うことで逃げ切ろうとした。

坂本フジエは「認定されれば、水俣病に『かかった』じゃなか、『通った』じゃもん。通った通ったてみんなものすごく喜んだよ。その家族でも、誰でもな。子供が大学にでも通ったのかと思えば、何の、認定されたてことじゃもん」と言う。この狂騒が村を壊してゆく。

かつての天然痘の悲劇がよき民謡を生んだことを引いて著者はこう言う――「水俣病が民衆の唄となることはなかった。水俣病の悲劇を民衆が悼むことはなかった。水俣病というメダルの表はお金になった。お金が民衆の唄になるはずもない」。

著者の岡本達明はもとは東大法科を出たチッソの社員である。谷川雁にオルグされて民衆に対する目を開かれ、チッソ水俣工場の第一組合専従執行委員になった。「一から勉強する。水俣大学に入った」と思って工場と化学合成の現場を学んだ。

「日本社会の基底にどこまで迫れるか。深度と射程距離を考えた」と彼は言う。

患者の側だけでなくチッソという会社の事情にも詳しいのは彼が内部にいたためである。その結果、この本のある部分はほとんど裏返された社史の趣がある。

この名著、もう少し流布しないものか。例えば、ぼくが住む（人口百九十万の）札幌市の図書館はこの本を架蔵していない。高価な本だからこそ、ここは図書館の出番だろう。読みふける読書人は多いはずだ。

4　本の読みかた

フィクションの場合、ノンフィクションの場合

　さてここに、リアルであれネットであれ、書店で購入した一冊の本がある。リアル書店で買ったなら、先ほど述べたように、佇まいを確認して買った本だ。

　読みだす前の心得として、改めてまず全体の感じをつかむ。表紙、帯、裏表紙、袖に書かれている文章。それから本扉、化粧扉。写真や絵がある場合はそれも見る。アメリカの本だと、カバー裏あたりに書評の抜粋が多数載っているのでそれもざっと見るが、だいたいが賛辞ばかり。

　この先はフィクションとノンフィクションでちょっと異なる。

　フィクションならば、目次はそれほど丁寧に読まなくてもいい。フィクションの目次と

いうのはチャプター（章）の名前が並んでいるだけで、あまり意味がない。雰囲気がわかるだけで充分。時には登場人物一覧表や地図がついていることがあるが、フィクションならば読み始める前にそんなに見なくていい。読んでいる途中に戻って参照するためのものだから。

しかしフィクションでない本の場合、目次は丁寧に見るべきだ。ノンフィクションの目次というのは本の内容全体を表しているから、目次を読めば本の構成がだいたいわかる。とくに思想書や研究書の場合、読みだす前に展開を頭に入れておくかどうかで、本文の理解度が変わってくる。

本によっては本文の後に解説、翻訳本の場合は翻訳者のあとがきがついている。それらを先に読んだほうがいい場合もある。それは、本文に取り付くのが大変な、読み手にとって難解な本を読むとき。

文庫本の解説というのはほとんど日本独自ものだ。例外としてイギリスのペンギン・クラシックス（Penguin Classics）の古典などは、本文に入る前段に解説が載っている。これはどういう本で、著者は何世紀に生きたどういう人物で、この本はどういうところでどう評価されてきたかという説明が二、三十ページにわたって書いてあったりする。しかし普通はない。

一方、日本の文庫の場合は解説がついていて、これは事前に読んで損をしないことが多い。もっとも、とんでもない見当違いのものも多く、それを分析したのが斎藤美奈子の「文庫解説を読む」(『図書』連載終了、いずれ書籍になるだろう)という本。突っ込みが鋭くて、読んでいて笑ってしまう。

文庫の解説もフィクションの場合は微妙で、注意が必要。いわゆるネタバレまではいかなくても、内容に踏み込みすぎた解説を先に読むと、新鮮味がなくなるから。だからフィクションの場合、親切な解説者ならば、内容に立ち入る際は「ここから先は……」などと警告を発した上で話を先に進めたりする。これは書評にも言えることで、書き過ぎてはいけないのだ。

ともあれ、ほとんどの解説は役に立つ。よって、手強《てごわ》そうだなと思う本を手に取る場合は、解説で少し嚙《か》み砕いてもらってから本文に取り付くと、少し楽になる。

翻訳書の場合はたいてい翻訳者が解説を書いている。そしてたいていの翻訳者は信用できる。原書の内容を理解した人の解説であるはずだから、読む際の手引きになる。

著者や出版社の側から言えば、文庫本の解説というのは、影響力のある宣伝の一つだ。

上手に褒めてくれる人に頼まなければいけない。

ぼく自身、よく文庫の解説を書く。その中で我ながら傑作と思うものを三つ挙げれば――

伊丹十三『女たちよ!』（新潮文庫）

角田光代『八日目の蝉』（中公文庫）

佐藤良明、柴田元幸『佐藤君と柴田君』（新潮文庫）

「速読」と「精読」を使い分ける

いよいよ本題に入ろう。どのくらいの密度で読むかは本ごとによって違ってくる。

ここでもフィクションとそれ以外に分けて言えば、フィクションの場合は、最初の五十ページはできるだけ丁寧に読んで「文体」をつかむとよい。フィクションというのは「プロット（筋）」と「文体」から成る。例えばミステリーなどは、プロットに惹《ひ》かれて先へ先へと読み進めるように作ってある。それに対して濃厚な凝った文体のいわゆる「純文学」の作品であれば、文体を楽しみながら読むことになる。誰もジェイムズ・ジョイスの

『ユリシーズ』を三日で読もうとは思わないだろう。あの小説はチャプターごとに文体が異なり、それが大きな読みどころとなっている。

フィクションを読むとき、登場人物の名前が覚えにくい場合はメモを取るとよい。人と人の関係がわかったら、その関係も書いておく。ただこれは、そこまでの精読に値する本かどうかを考えた上で行うこと。この本は面白いな、けれど登場人物が多く、名前が覚えにくいな、戻って探すのは大変そうだなと思ったら、紙を横に置いて、読みながら書き込んでいく。登場人物一覧がついている本もあるが、自分で一度メモを取るほうがしっかり憶えられる。その話の世界に没入できるようになる。

どのくらいの密度で読むかも本ごとに違ってくる。最初は素早くざっと最後まで読んでから、「面白い」と思った箇所に戻って、そこだけを味わって読むというやりかたもある。言ってみれば「速読」と「精読」を使い分けるわけだ。その使い分けは、自分の生理と本の性格の両方で決まる。気に入った本ならば生涯に二度、三度と読むこともある。あるいは毎年一回読み直す本があってもいい。この話は古典のところで詳しくしたい。

読書とは、その本の内容を、自分の頭に移していく営みだ。きちんと読んだ本はその先、自分が物を考えるときに必ず役に立つ。「あの本の作者が言っていたことが、いまここで応用できるな」という場面が増え、言ってみれば世間との対立の場での力強い武器になる。

そして役に立つ本が増えれば増えるほど、物の見方が複眼的になり、うまく物が考えられるようになっていく。これはディベートで相手を負かすためでも、物知りぶって威張るためでもなく、自分なりの世界図を自分の中に構築するために必要なこと。

古典との付き合い

古典というと、どこからか「読んだか?」という声が聞こえる。詰問されているような気分になる。

例えば会食の場で古典が話題になったとしよう。読んだ人たちはお互い得意そうに論じているから、読んでいない自分は話についていけなくて肩身が狭い思いがする。

古典って、重機の運転免許か何かみたいな、特別の資格みたい。

正直な話、古典はとっつきにくい。いまを生きている自分とはとても遠い時代と世界の話だし、登場する人の名前から、その人たちの日々の生活や物の考えかたまで、すべてが遠いものに思われる。『カラマーゾフの兄弟』のアレクセイ・フョードロヴィッチ・カラマーゾフなんて長すぎるし、だから普段はアリョーシャで済ませているというのだからいよいよ複雑。そういうことを一つ一つ知っていかないと先に進めない。地主と農奴とか、お金の単位がルーブルとか、黒パンとか、ロシア正教の煩瑣《はんさ》な典礼とか、社会のありようもいまの日本と違いすぎる。なんでそっちの世界のことをお勉強しなければならないのか。

それは『イーリアス』でも、『史記』でも、『古事記』でも、『ハムレット』でも、『白鯨』でも同じ。正統な文学全集に入っているものすべて。どれもこれも読みやすくはない。

はっきり言ってしまうと、古典を読むのは知的労力の投資だ。

最初はずっと持ち出し。苦労ばかりで楽しみはまだ遠い。

しかし、たいていの場合、この投資は実を結ぶ。つまり、たくさんの人が試みてうまくいったと保証されたものが古典と呼ばれるのだ。あなたの趣味が他の人たちとぜんぜん違うのでなければ、最初の苦労を承知で手に取ってみるのは悪いことではない。

ただし、結果が出るのはすぐとは限らない。つまらなくてダメだと思って放棄するのも読書の自由。それが何年もたって、時には何十年もたって、ふっと読みかけのものを思い出して再度挑戦すると今度はものすごく面白いということもある。若いときに少しでもかじっておくと、後になって滋味がわかるようになる。

それはつまり年齢と共に読む力も伸びるということだ。世間知が増すにつれて、あるいは人生の苦労を重ねた分だけ、本の内容の理解も深まる。そして、そういうときになると若い間にかじったことがちゃんと思い出され、ひょっとしたらいまならわかるかもしれないと改めてページを開くとものすごく面白い、という体験がぼくには何度もあった。

告白すれば、ぼくはまだ『ドン・キホーテ』や『神曲』や『マハーバーラタ』や『太平記』を読んでいない。いや、自慢ではないが読んでいない古典は山ほどある。老いての楽しみに事欠くことはまずないだろう。

ある特殊な読みかたの事例

「3　書店の使いかた」で紹介した『水俣病の民衆史』は、実は非常に特殊な読みかたをした。というのはこの本、全六巻、三千七百七十二ページある。しかし書評は早く書きたい。そこで考えた。

まず六巻分の目次を読んでストラクチャー（構成）をつかんだ。ノンフィクションでは目次を読むのが大事と言ったとおりに。次に一巻を丁寧に読んだ。それから索引に行って、登場頻度が高い名前に注目した。

この本は、著者が水俣の三つの村に住み込み、村人たちにインタビューを重ねながら、あの病気をめぐる社会状況と彼らの生活がどう変わったかを十五年間追いかけて批判的に再構成したものである。だから同じ人が何度となく出てくる。なかでもキーパーソンになる人の名前が見えてきたところで、その人が出てくるページを全部書きだして、一巻からじっくりと読んでいった。百カ所以上出てきたと思う。次第に、その人にとっての水俣病の歴史が時系列で浮かび上がってきた。

そうやってとりあえず概要をつかみ、あとは要所要所を拾い読みしながら書評を書いた。だから通読はしていない。精読とも言えない。書評の中でそのことは白状した。隅から隅まで読んだわけではないが、一定のところまで読んで、これは精読に値する本であるし、何より面白いから急いで書評を書いたと。確か「大河小説のように面白い」と書いた。ぼくもこれからゆっくり読むけれど、とりあえずここまで読んだところでお薦めすると。

これは、書評を書くにあたっては普通はしない読書法である。長い本の例で言えば、ピカソの伝記（『ピカソⅠ　神童　1881-1906』ジョン・リチャードソン著、木下哲夫訳、白水社、二〇一五年）を書評したときは丁寧に初めから終わりまで読み、ついでに講談社のピカソ全集を（「日本の古本屋」サイトで）買って、書評を書いた。基本的にはこうやってちゃんと読む。『水俣病の民衆史』のケースは例外。

本を最後まで読むべきか

読書につきまとう、本を最後まで読むべきかという問いについて。

大人は子どもに対して「本は途中で投げ出さないで最後まで読みなさい」「飽きっぽいのはダメ」「途中でやめるのは根気がないから」と言いがちだが、ぼくはそうでもないと考える。

確かに、読書習慣を身につけるためには最後まで読むべきかもしれない。だがそれ以前に、本と人のあいだには相性というものがある。ゆえに、つまらないと思ったなら、それは子どもなりの一つの批評なのだから、その批評を尊重すべきだ。なぜなら人には発達段階があり、その子にとってその本をいま読むべき段階であるかどうかは親でもわからないから。

「歯が立たない」であれ、「つまらない」であれ、「なんか面白くない」であれ、読むのをやめたいと思ったら、いったん投げ出していい。いかに名著と言われている本であろうと、我慢して読む必要はない。

読む本の数が増えてきた大人が途中で投げだした場合、それはつまらなかったということだから、放り出した本は、その人の人生から消えてしまう可能性が高い。しかし子どもの場合は、案外また後で読むものだ。再読のときは、読んだところまでは内容を覚えているから、途中から読み進められる。子どもの頭はそのくらい柔軟なものだ。『星の王子さま』も、子どもが初めて読んだときに面白いと思うとはかぎらない物語だと思う。『風の又三郎』だって、『銀河鉄道の夜』だってそう。

だから、一度手に取った本を最後まで読むかどうかは、その本が自分に向いているかどうかを考えた上で決めればよい。面白くない本を最後まで読むよう強制されて本嫌いになるくらいなら、投げだしたほうがよほどましだとぼくは思う。

大人であってもやはり相性というものはある。本屋でじっと睨《にら》んでこれはいい本だと見切って買った本であっても、残念ながら、家で開いたらつまらなかったということは少なくない。本にも当たり外れはあるからそれは仕方ない。もちろん、しばらく時を経て、再び手に取って、「面白いじゃないか」と思い直すことは大人でもあるだろう。

出会って、ちょっと覗《のぞ》いて、合わないと思えば他に行く。そういうわがままな読みかたでも大事な本にはいつかは行き着く。むしろ広く浅く読むほうがたくさんの本に会えるし、浅くと思っても相性によっては深く引き込まれ、それが一生の付き合いになることもある。読書にカリキュラムはないし卒業もない。永遠の留年状態。

いわゆる名著は読むべきか

かつてイギリスの雑誌が「あなたが実はまだ読んでいない必読書」と題したユニークなアンケート特集を行ったことがある。これは著名な研究者や学者、評論家らに仕掛けたイタズラで、意地が悪い。雑誌が彼らに「実はまだ読んでいない名著はありますか」とアンケートで訊《き》く。みな渋々白状するわけだ。「実は『ドン・キホーテ』がまだ」とか、「『ヘロドトス』は読んだけど、『トゥキディデス』はまだ読んでない」とかね。

この特集が成り立ったのは、ひとかどの人物というのは古典の名著を読んでいるものだという共通認識があるからだ。

むろん古典は、長い時間をかけてみなが読んできた書物だから価値は保証されている。しかし、それがあなたに向いているかどうかは、また別の話だ。読んでいない必読書があったとしても、それは仕方がないだろうというのがぼくの考え。

ただし、長いあいだいろんなものを読んでいると、「またこの本が出てきたな」「自分はあのへんが抜けているんだな」と気づくことがある。そういうタイミングで古典を手に取るのはいいことだし、世界が広がるという意味で、読書のもたらす恩恵の一つだろう。

例えば『薔薇の名前』（ウンベルト・エーコ著、河島英昭訳、東京創元社、一九九〇年）を読んでいると、アリストテレスを覗くぐらいはしたくなる。たとえ読み切れなかったとしても、関連箇所くらいは読みたくなる。そういう形で教養は広がっていくものである。

書斎、喫茶店、電車——本をどこで読むか

本を読む場所について。

ぼくは自宅の仕事部屋で読むことがいちばん多い。デスクがあり、デスクトップのパソコンが置いてある。キーボードをのかして少しスペースをつくり、そこに本を置く。そして姿勢を正しくして読む。これがぼくにとって最も集中できる読書空間である。

加藤周一さんは名著『読書術』で寝転がって読むのが至福と書かれているが、ぼくは姿勢が崩れるからほとんどしない。ソファーでも、肘掛けがあるものならそこに本を置いて読めるだろうが、結局のところ書斎の普通の椅子がいちばんよい。

というのは、たいていの場合、ぼくは単なる娯楽としてではなく、解析的に本を読むからだ。読みながら気になる箇所に付箋を貼り、マーキングをしていく。付箋のつけ方については次章で話す。つまり机と、最低限の文房具が本の周りにないと不便なわけだ。結果的に書斎がいちばんということになる。

本棚の話につながるが、ぼくは仕事用のデスクを自分で作っている。日曜大工でも机は作りやすい。使い勝手がよい机を簡単に作ることができる。ホームセンターに行って好きなサイズの集成材の板を買い、脚はネジ留め式の四本セットのを装着する。表面をきれいに磨いて角を丸くすれば完成。

机の幅は百二十センチ、奥行きが六十センチ。端から端まで、手が届くくらいの長さが使いやすい。同じものを二つ作って、片方は執筆用にしてデスクトップのパソコンを置き、もう一方は必要な本や資料などを置くのに使っている。

照明は昔ながらのZライトを何十年も使っている。他のものに替えたこともあるが、結局はこれに戻ってきた。手元の本を明るく照らせる。大きさもちょうどよく、向きを変えやすい。ただし電球はLEDに替えた。

この机の横に引き出し三つのチェストを置く。これは既製品。こういうものを作るのは素人には無理だ。

最後に椅子。木でできた布張りの椅子で、キャスターと肘掛けがついているものを使っている。天童木工の品だが、いまはもう作っていないらしい。使い勝手は非常にいい。ハーマンミラー型の高級事務椅子は見た目ばかりで実際には使いにくい。

こうして手作りもしながら、快適な書斎を整えてきた。

さて、本を読む場所に話を戻すと、ぼくは喫茶店で読書をすることはほとんどない。集英社のビルの向かいにはタリーズコーヒーがあるが、たとえ待ち合わせの時間より三十分早く着いたとしても、店に入って本を読んで時間を潰《つぶ》すということはしない。

子どもの頃からぼくは、図書館や喫茶店といった周囲に人がいる場所で読書をしなかった。落ち着かなくて集中できない。読書どころか、喫茶店やファミレスで執筆をするという作家もいるが、ぼくはとてもできない。

書斎での読書中に音楽を流すこともない。ひたすら音はないほうがいい。音楽を聴くときは聴くし、オペラにも行くけれど、いわゆる「ながら族」にはなれない。受験勉強をしながら音楽を聴くこともなかった。我ながら音には格別に神経質なほうだと思う。

海外旅行から帰ってきて何が嫌って、日本がうるさいこと。空港のエスカレーターには、生まれて初めて乗るわけじゃないんだよと言いたい。あるいは路上のトラックなどの警告アナウンス——「左へ曲がります、ご注意ください」って、そんなことはわかっている。それにいまの日本で注意すべきは国ぜんたいが右へ曲がって行くことではないか。

話をもとに戻せば、移動が多い生活だから、移動中に本を読むことは多い。電車、新幹線などで読む。

いま電車に乗ると、ほとんどの人がスマートフォンを見ている。だから稀《まれ》に、スマホではなく本を手にしている人を見かけると、尊敬の念を抱くと同時に、何を読んでいるか無性に気になってしまう。覗き込むわけにはいかないが、近くだったらちらっと覗き見する。が、タイトルがわかることはまずない。

移動中の読書で最も効率的なのが飛行機の中。飛行機に乗る際、ぼくが恐れるのは途中で読む本がなくなること。例えば東京から沖縄までは約二時間半。その間にいま読んでいるミステリーが終わってしまったら困るから、必ずスペアを持って行く。

飛行機の中で読む本

飛行機の中がいいのは電話がかかってこないし、メールも来ないからだ。つまり一定の自由時間が保証される。そうなると集中しやすい。ただしあまり疲れたくないから、本音を言えば硬いものは読みたくない。純粋な楽しみのためには、面白さが持続して、かつなるべく分厚いものがいい。しかしそうは言っていられない場合ももちろんあるけれど。

最近は、飛行機の中にキンドル（Kindle）を持ち込むことも多くなった。

いま三百冊ほど入っている。先日入れたのは山田風太郎とか。紙は重いし、小さい文字の文庫本はだんだん辛くなってきたから。電子書籍は、文字の大きさを自分で調節できる点が年寄りにありがたい。

先ほど、飛行機の中では純粋な楽しみだけのために読みたいと言ったが、翻訳が出たら必ず読むのはジョン・ル・カレ。彼の作品はずいぶん書評も書いてきた、ご贔屓作家である。ディック・フランシスもそう。新刊が出ればだいたい読む。

このところ、ジョン・ル・カレの過去の名作『リトル・ドラマー・ガール』（村上博基訳、早川書房、一九八三年）を読み返していた。ぼくがいま難民について考えているというのが理由。この作品はイスラエルの諜報機関がパレスチナのテロリストを追い詰める話だが、途中、パレスチナ側の視点で、彼らがいかに苦しい生活をしているかが克明に描かれる。そのあたりがジョン・ル・カレ作品の重厚なところだ。

翻訳ものを原書で読むことはほとんどなくなった。時間が惜しいから。ただし翻訳が出ない本は原書で読まざるを得ない。例えばニコラス・シェイクスピアが書いたブルース・チャトウィンの伝記『BRUCE CHATWIN』がそうだった。

少し脱線するがここで伝記について述べよう。

イギリス人は非常に伝記が好きなのだ。イギリスの書店に行くと、「F」（フィクション）と並んでバイオグラフィーの「B」という分類の棚がある。そのくらい好き。

だから文学者に限らず有名人が亡くなると、ほどなく誰が伝記を書くかという話が持ち上がる。決まれば基本的に家族も友人も協力を惜しまない。書簡を提供したり、長時間のインタビューに応じたりする。著者は何十人とインタビューをした上で、対象にべったり寄るのではなく批評的な視点も持ちあわせた伝記をまとめる。こうした文化は日本にはないものだと思う。

前に挙げたエーヴ・キュリーの『キュリー夫人伝』もいい伝記だった。

それからレオポルト・インフェルトの『ガロアの生涯——神々の愛でし人』（日本評論社、二〇〇八年）。

エヴァリスト・ガロアは、当時の先見的な理論を打ち立てた天才数学者だが、一八三二年、ある女をめぐって決闘をすることになり、そこで負った怪我《けが》が原因で亡くなる。二十一歳という若さであった。ガロアは決闘前夜、「ぼくにはもう時間がない」と、自らの数学理論を必死に書き残したという。それを他の数学者が理解するのに数十年かかった、などということをぼくはこの伝記で知った。

ここで先に挙げた自分の文庫本解説傑作三つのうちの一つを紹介しよう。軽いエッセイだと思って読んでいただきたい。

『佐藤君と柴田君』解説

池澤夏樹

さまざまなコンプレックスについて

嫌なんですよね、この手の本の解説を書くというのは。

中身は短いエッセーを集めたものです。佐藤君と柴田君が交互に書いていて、どっちもけっこううまい。いや、実際の話、相当にうまいんですよ、この二人。

それで、このぼくの解説にしたって、けっきょくのところ短いエッセーです。当然、本文と並ぶ。比べられる。見劣りがする。しかも二人の息の合った連携プレイというかフォーメイションというか、その中に割り込むんだから、いよいよ分が悪い。なんにもいいことがない。自分たちのエッセーが相当にうまいことをわかりやすく示すためにあんまりうまくないエッセーを一つ入れる、という筆者二人の策略にぼくは乗せられたのではないか。ほら、養毛剤の使用前と使用後の写真みたいに。

という風なことをぐずぐず書いているから、中身がなにもないから、うまくないエッセーの見本になってしまう。敵の思うつぼ。それはわかっているんだけど。

状況を逆手にとって積極攻勢に出ようかとも思ったんです。この本には佐藤君と柴田君と、それにこの池澤君のエッセーが収められるわけだから、タイトルを『佐藤君と柴田君、それに池澤君』と変えてもらおうと思って交渉しました。しかし、分量的に貢献の度が低いって断られました。きっとぼくが東大の教師じゃないからです。

だいたい昔から東大の教師は文章が下手と決まっていたもので、今だって全体としてはそうなんですが、最近はこういう例外が紛れ込んでいる。例外の存在は法則全体の信頼性を損なうもので、それはひいては明治以来の東大的学問の信頼性にも影響するわけですからね、こういう文章のうまい人が東大にいるのはよくないと思います。あの総長ならばわかってくれるのではないだろうか。

トーダイといえば、おもしろい話がありました。アメリカの軍艦がカナダの沖を走っていたら、前方に明かりが見えた。そのまま進めば衝突する。艦長はすぐに無線で「貴艦は当艦の針路上にあり。ただちに針路を変更されたし」と通告した。ところが相手からは「そちらが針路を変更するを妥当と認む」という回答が来た。ナマイキな奴《やつ》だというので、ふたたび打電——「貴艦の針路変更を重ねて要求する。こちらはアメリカ海軍の航空母艦インディペンデンスである」。ふたたびの回答——「貴艦が針路を変える方が賢明かと推察する。こちらはニューファウンドランド島の灯台である」

笑えましたか？

問題は世代の差です。いや、空母ではなくて、なぜこの本に解説を書くのが嫌かという話の続き。佐藤君は一九五〇年生まれ、柴田君は一九五四年生まれ、そして不肖池澤君は一九四五年生まれ。この五年ないし九年の違いが大きい。この間に日本社会の雰囲気はがらりと変わった。だからぼくと彼らでは教養セットの中身が似ているようで違うんですね。ブレンダ・リーとハリー・ベラフォンテとトリオ・ロス・パンチョスとジリオラ・チンクエッティにはやっぱり発展性がなかった。ぼくはビートルズを待つべきだった。

要するに、ぼくの世代はポップになれないんです。どこまでも公式見解にとらわれている。進歩的文化人コンプレックス。トーダイにぶつかって沈没するタイプ。解説文の中にいきなり無関係なジョークを持ちこんだりして悪ふざけはできるが、軽やかに針路が変えられない。軽く遊ぶノリがない（それなら最初から東大コンプレックスなんて話題を持ち出さなければいいのに）。どこまでもまじめを引きずっている。笑いは引きつるし、どた靴で軽いステップを踏もうとして転ぶ。

解説が書きにくいのは歳《とし》の差のせいで、そんなことが理由になるというのも、時代相の綿密な読みと解釈がこの本の柱の一つだからです。柱なんか一見ないように見えてしっかり柱が通っているのが優れたエッセーというものであって、だからこの本の中に雑然と散らかった形で入っている日本人論はすごくおもしろい（ようやく解説らしくなってきました）。佐藤君の「外人が外人だったころ」なんて、五歳年上のぼくにもよくわかる。昔ぼくたちは映画でしかアメリカを知らなかったから、アメリカ女は一人のこらず女優のように美人だと思っていた。もちろんぼくの世代の方が重症でした。だから、アメリカの前に出ると萎縮《いしゆく》してしまう癖が抜けないのです。アメリカ文学を「勉強」しようと思うと（文学を勉強しようなんて思うから）、ピンチョンのような大物にぶつかって怪我をする。その点、『ヴァインランド』の訳業に見るように、佐藤君はピンチョンと一緒になって踊ってますからね。柴田君の翻訳のようなしなやかな日本語は書けないし、アメリカの小説をたくさん読んだところで彼が編むような幅と厚みと軽快感のあるアメリカ小説のアンソロジーは作れない。だいたいそんなにたくさん読めないよ。

佐藤君・柴田君の世代の全員にアメリカ・コンプレックスがないとは言いません。こういう話題で包括的な結論に走るのは危ない。しかし、彼らのように対象の評判にとらわれることなく現物に直行した上で、大量の素材を速やかにスキャンし、ブラウズして、いいものだけをさらい出せる人、賞味できる人はぼく以上の世代にはほとんどいないというのも事実です。それがわかっているから、なおさらこの本の解説が書きにくい。書いても書いてもぼくの佐藤・柴田コンプレックスを露呈することになる。個人的な忸怩《じくじ》の思いを世代論にすりかえているような気がする。

各論ならば、この中の話題についていけると思うこともありますよ。柴田君が書いている「寄りかかる熊《くま》」の中の「熊に会ったらどうするか」という議論については今ならけっこう具体的に話ができる。先週末、白山の麓《ふもと》の山の中で山葵《わさび》畑の手入れを手伝いながら、ここで熊に会わないためにはどうすればいいかを同行者と論じました。熊の糞《ふん》を見かけた直後だったから真剣な議論になった。熊も人も出会いがしらが恐いわけですから、そういう事態を避けるために腰に鈴を着ける。鈴の音はどこまで届くかという疑問が出て、三十分に一度爆竹を鳴らす方がいいと主張する者もあって、混乱しました。それでも、もしも出会ったときには柴田君が言うように「立ち止まったまま話をする」は正しいと思います。こういう場合は干戈《かんか》を交えることなくそれぞれに退却するのがどちらにとっても得策だ、と言葉巧みに説得する。格闘になったらこちらが圧倒的に不利だということを悟らせない。本気になれば俺は強いんだからなと、それとなく恫喝《どうかつ》する。中学生の喧嘩《けんか》と同じです。

ほら、また話題がそれてしまった。どうも正面から解説しにくい本なんだな。本文の方が雑然とした構成だから解説も雑然とならざるを得ない、と言い訳しましょうか。

雑然たる印象の理由は彼ら二人の生活感にある。いいエッセーの条件の一つは適量の生活感が入っていること。適量という点は大事で、多すぎるとおばさんやおじさんの投稿になってしまう（「……と思う今日このごろである」とか、「……と思うのは私一人ではないだろう」のたぐい)。いきいきとした日常生活のエピソードから出発して、二、三回論理の宙返りを経た上で説得力のある結論に至る。これが優れたエッセーの基本形です。そういう物差しを手にしてこの本を読むと、この基本形の上手な応用例がぞろぞろ出てきます。どれも実にうまく決まっている。京浜工業地帯と高崎がよく出ている。ミルキーやワッパーの味が口中に広がる。そこに彼らの職業に由来する文学的・語学的、高等にして無稽《むけい》の話題が加わる。「ある男に二人の妻がいて」なんて、笑いが止まらない。素材の配置がいいんですね。抽象論から卑俗な話までスペクトルの幅がある。

結局のところ、この解説はコンプレックスの告白に終始するようです。自分より上の世代へのコンプレックスは力になります。今に見ていろぼくだって、という向上心を呼び起こす。しかし自分よりも下の世代に対するコンプレックスは始末が悪い。俺だってあと五年か九年遅れて生まれていればと凄《すご》んだところで、早く生まれたものはしかたがない。今さら生年月日を遅らせるわけにはいかない。ゴマメのハギシリ。

こういう時は個人の立場をさっさと脱却して、戦後日本もようやくこういうしたたかな生活者であるところのインテリを生み出すようになった、と高踏的な結論に逃げる。これもエッセーの技術の一つですが、逃げたことに変わりはない。コンプレックスは解消されません。

やっぱり、『佐藤君と柴田君、それに池澤君』というタイトルは無理でしょう。

5　モノとしての本の扱いかた

マーキングは6Bで

本の話に戻ろう。次は本の扱いかたについて。

ぼくは本は私的な所有物であると同時に公共財であるという意識から逃れられない。これは自分だけのおかしな思い込みだとわかっているのだが、どうしようもない。

だから、ぼくはどんな本でもいずれ手放すと意識をして扱う。

本気で読むときは気になる箇所にマーキングをする（この言葉、雄犬が電柱におしっこをするという意味もある）。ただし6Bくらいの太くて軟らかい鉛筆で、行頭にしるしをつけるか、せいぜい単語を丸でかこむくらい。消そうと思えば容易に消せるくらい。絶対にボールペンで書き込んだりはしない。これはぼくなりの本に対する敬意である。

それから付箋でタグをつけることもする。要所要所を読み返して本の内容を再構成するにはタグが必要になる。このとき付箋はポストイットの最も小さいミニサイズ（幅七・五ミリ、長さ二十五ミリ）を使う。タグに書き込みはしないから大きくなくてよい。

マーキングはそれだけを辿《たど》ってもその本の内容が自分の頭に再現できるような要点の箇所、さらに手間をかけてタグまでつけるのは、例えば書評の際に引用に価するほどの箇所。

読みながら内容に啓発されて何か思いついたり、考えついたりしたときは、本に書き込むのではなく、横に紙を置き、ページ数と内容を書いておく。こうするとその本の内容の見取り図がおのずからできる。また、後から当該ページにすぐに戻ることができる。

読んだ人によっては、書き込みに値打ちが出ることがある。それによって、本の価値が上がることもある。

例えば中野重治《しげはる》の蔵書には頻繁に書き込みがあり、それが値打ちになっている。だから研究者が中野重治の欄外の書き込みをすべて拾い出し、書き込みだけで一冊の本にして出版している。あれは凄いと思った。ちなみに中野重治の蔵書は、彼の故郷の福井県坂井市《さかいし》丸岡町《まるおかちょう》が特別な図書室（中野重治記念文庫）を造り、そこに保管されている。幸福なことだ。

（ところが、今回この図書館に確かめたところ、そんな本は作っていないという。四半世紀前にぼくが見た、あるいはそう思い込んだのは幻だったのか。）

この欄外の書き込みを「マージナリア」という。南方熊楠《みなかたくまぐす》の蔵書にもマージナリアがあった。丸谷才一さんも書き込む人だった。人の小説についての感想や批評が書いてあったらしいから、丸谷さんのマージナリアにも価値があるのだろう。

つまり、本は自分のものだから汚してもいい、どんどん書き込んだり、赤線を引いたりしていいと考える人がいる。ぼくはどうもそれができない。

ちなみにマーキングした本を手放すとき、わざわざ消しはしない。古本屋が必要ない、消したほうがいいと判断したら、暇なときに消すだろうから。古本屋がそのまま残したとしても、買った人が目障りなら消すだろうし、「なかなかいいところを選んでマーキングしているな」と思ったら残しておくだろう。そうした選択の余地を残している。とくに短篇集だと、いい話は目次にマーキングする。次の読者がそのマーキングを参考にする可能性がないわけではない。

開かない本とスマホ文鎮

丸谷さんは、よく本をばらして読んでいたらしい。そういう扱いかたもある。単行本を持ち歩くのは重くて荷物になるから、分解するわけだ。ぼくは、本ではやらないが、雑誌はばらして、必要なところだけを持ち歩くようにしている。慣れてくると上手に背を開いて、必要なページだけカッターできれいに切り出せるようになる。

一度だけ本をばらしたことがあった。それはロベルト・ボラーニョの『２６６６』（野谷文昭訳、白水社、二〇一二年）で、八百八十ページ、厚さが五センチ、重さが一・三キログラムというたいへんな本だったから。半分まで読んだところで旅に出なければならなくなり、飛行機の中で読みつづけるのに、さすがに重いと思って後ろ半分だけを持って出た。

本の開き具合の善し悪《あ》しも、読みやすさに影響してくる。とくに書評をするときは、引用時など、脇に開いて置いてキーボードに向かう。本が勝手に閉じてしまっては困るわけで、そんなとき役立つのが「スマホ文鎮」。開いたページの上にスマホをどんと置く。平たくて、適度な重さがあって、邪魔にならなくてよい。

和書は開き具合がとてもいい。和書は、全体のページ数がおよそ百ページ程度で、束《つか》が厚くないからという理由もあるが、それだけでなく紙が非常に軟らかいから、開いたままでいてくれる。

和書ではないが、リンボウ（林望）さんの訳した『謹訳　源氏物語』（全十巻、祥伝社）は

「コデックス装」という特別な造本で、フラットになるまで開く。平安時代の貴族の写本に使われていた綴葉装《てっちょうそう》に倣《なら》った綴《と》じ方を採用していて、背が非常にしなやかで、開いて置いておくと、ずっと開いたままでいてくれる。あれはいい造りだと思う。洋紙の本はどうしても開かない。とくに角背にしたりするとダメで、丸背でしなやかにするとまだましという程度。いまは、開いて置いておくという読み方が考慮されていない本がほとんどなのだろう。辞書の造本は開いたままになるのが多いが、ノドのところは力を入れて開かないと読めない。またコピーするときは必死でその部分をコピー機のガラス板に押しつけることになる。

先日、『レッド・タートル』というアニメの映画をもとにした絵本を作った。このときは絵がスクリーンのまま横長なので、横置きにして上下に開く体裁でコデックス装にした。縦の見開きの一方が絵でもう一方に文章がくる。

開きが悪い本は、最初に何カ所かバリッ、バリッ、と強引に開いて癖をつける。そうするとだいぶ読みやすくなる。少しくらい傷むのは仕方がない。マーキングするのと同じぐらいの狼藉《ろうぜき》ではあるが、閉じてしまえば見た目はわからないから、本には許してもらえるのではないか。読まれてこその本だ。

6　本の手放しかた

ストックの読書とフローの読書

ストックの読書とフローの読書ということをずいぶん前から意識してきた。

自分と関わる本を二つに分ける。一方はずっと長い間、ひょっとしたら死ぬまで、置いておく不変のストックである本。もう一方は買うかもらうかして、読まれて（あるいは読まれないまま）次の読者のところへ流れてゆくフローの本。

一般的に本というと、すぐに「蔵書」という言葉が出てきて、ストックになりがちである。多くの作家が膨大な蔵書が並ぶ本棚の前で写真を撮られてきた。

冒頭に書いたように、ぼくは他人を自分の仕事場に入れない（しかし他人の本棚の写真を見ると、ついそこに俺の本はないかなと探してしまうから現金なものだ）。

ぼくと本の付き合いはもっぱらフローのほうで、コレクションの趣味はまったくない。だから蔵書は最小限。もちろん手放し難い本はあるが、それは本当に限られた数であって、できるだけ本を身から放そうとする。引っ越しばかりしているから、という個人的な事情もある。普段からキャンプ生活を送っているようなものだから、現実的に、何万冊も持っていられない。結果として本離れがよくなる。

読書家の中にはコレクターとして生きていくと決めている人もいらっしゃる。例えば、鹿島茂さんには『子供より古書が大事と思いたい』（青土社、一九九六年）という切実な思いの籠《こ》もったタイトルの著書がある。辛うじて子どものほうが大事にされているわけだが、この場合の古書とは貴重な昔のフランスの本のコレクションだ。

ぼくの場合は子どもの頃からの習性でモノを集める習慣がない。例えばコスタリカの切手はすべて持っているといった、何かを集めてワンセットにした喜びというものを――これはコレクター特有のものだと思うのが――ぼくは持ちあわせていない。

文学全集というのはコレクションである。三十冊なら三十冊と限定して全部そろえましょうというと、コレクションであるがゆえにみなさんが買ってくださる。個人編集の『世界文学全集』と『日本文学全集』（共に河出書房新社）を作った者として、これはちょっとした矛盾だが、いたしかたない。厳選は蔵書を最小限に抑える方法と考えてもらおうか。

書棚は手作りした

家の中に一定量の本を置くにしても、蔵書を持つコレクターと、事務的に本を使うぼくとでは、つまりストック型とフロー型では、本棚が違うのだと思う。

コレクターの方々は、例えば扉のついた書棚を使う。いよいよ大事な本は金庫に入れるとか銀行に預けるとか。そこまでしなくとも、本棚が立派であると本が引き立つ。つまりコレクターにとって本はインテリアでもあるのだ。書棚に並んだ本の背がすでにインテリアである、という考えの人は少なくない。

次の話は文学全集の話をするときによく言うこと。

戦後すぐは住宅難で、日本人はみなバラックに住んでいた。そういう時代は本をたくさん持つなんてことはできないから、本棚はミカン箱で充分だった。あの頃だと、ミカン箱ではなく、リンゴ箱かな。そんなもので済んでいた。

しかし少しずつ住宅事情がよくなると、バラックから家へと移りだす。小さな団地であっても居間には壁がある。その壁が真っ白だと寂しいから、絵を掛けるとか、本棚を置こうかと思いつく。本棚を置くと、中に本を入れなければならない。どういう本がいいかわからない人にとって、文学全集は確実にいい本を選んで毎月送ってくれるからとても便利だ。というわけで全集ブームが巻き起こった。この時代、本は、実用以上にインテリアとしての役割を担っていたのだと思う。

だから当時は、百科事典なども大変凝った造本だった。ぼくがかつて編集を手伝った平凡社の全十六巻の『世界大百科事典』（一九八四年）は、明るい黄土色に金の箔押しをしたとても立派な杉浦康平の造本で、社内では「仏壇」と呼ばれていた。

だから歴史的に見ても、家に立派な本棚を置きたいという人の気持ちはわかる。一方で、実用的な人間は、実用的なほうがいいのだ。

実用的な人間であるぼくの本棚はどんなものか。

難しいのは、本にはさまざまなサイズがあるから、棚に並べるとどうしても無駄な空間ができること。さらに本はどんどん増えていくから、仕方なく、水平に置くようになる。既製の本棚はみな棚の高さが半端なのだ。

こうした問題を解消するために、ぼくは昔から本棚を自分で作ってきた。基本的には単行本用と文庫本用の本棚は別にしてそれぞれ専用のものを作ってきた。四角い枠を作れば

手作りの本棚。単行本用と文庫本用、それぞれ専用のものを作る。大事なのは、地震のとき倒れないように、後ろの壁に釘で留めること。

いいわけだから、日曜大工の中では比較的簡単なほうだし、自分の好みに作ることができる。白木の本棚は本が滑ってぱたりと倒れなくていい。大事なのは、地震のとき倒れないようにしておくこと。そのためには後ろの壁に釘などで留めればいい。揺れなければまず本棚は倒れず、本は落下しない。

しかし最近では忙しくなって既製品で間に合わせることも多くなった。

棚の並べ方について言えば、ぼくは厳格な整理法を持っていない。著者名の五十音順やテーマ順に並べることはしない。比較的すぐ使うものを近くに置いておく程度。最近は岩波書店の『図書』の連載「詩のなぐさめ」用に、岩波文庫の詩集の類を集める本棚を一つ作った。一方でパーマネントのものは遠くに置く。その程度の入れ替えは定期的に行っている。

奥行きのある本棚だったら、二重に入れることもする。ただし、奥には内容がわかっているもの、例えば全集の類を入れておく。何々全集はまとめてあの後ろに入れたと覚えておけば、見えなくともだいたいわかるから。

いずれにしても我々のような文筆業者は本の置き場に苦労している。

昔、作家の中村真一郎さんは、若いフランス文学者の友人が建てた家に遊びに行ったとき、家の中を見て「ああ、君、ここに本棚が置けるね。ここにも本棚が置けるね」と、それしか言わなかったと聞く。中村さんのいちばんのコレクションは江戸の漢詩で、先に述べたように和本だから軽い。あれは和本のいいところ。もう一つは、一度開くと開いたままの状態を保つところ。この話もすでにした。

キャッチ・アンド・リリース

フロー型の人間にとって、書棚というのはときどきじっと睨むものだ。「俺の本棚にはこんなにいい本があるな」とにんまり眺めるのでもいいし、「君はそろそろ他に行きなさい」というものを選び出すために睨む場合もある。いずれにせよ「更新する」という観点から、書棚と相対することが重要だ。買ったら買いっぱなし、読んだら読みっぱなしでは書棚は更新されない。

もちろんフロー型の人間であっても、いい本に出会ったら、それを手元に置いておきたいと思うのは自然なことだろう。ただし、すべての本がいい本ではないのだから、手放す見極めもつけないといけない。また、単に「昔読んでよかった本だから」という理由だけで取っておくことをぼくはしない。できる限り「いま」必要な本にこそ、書棚を使いたい。

これはつまり、本屋の店頭で本を選ぶための勝負と同じように、自分の本棚の前でも一つの勝負をするということ。リアル書店は、一定期間たつと売れなかった本を出版社に返品する。それと同じ作業を個人の本棚単位でもする必要がある。

ぼくの場合は、例えば長篇小説を書くために集めた参考書は、書き終わったらだいたい手放すことにしている。

『静かな大地』(朝日新聞社、二〇〇三年、のち文庫)では北海道の地方史の本をずいぶん使った。この作品は短い繁栄の後で没落したぼくの先祖たちの話。淡路島《あわじしま》から北海道の日高《ひだか》(静内《しずない》)に入植して開拓にいそしんだ彼らは、その途中でアイヌたちと仲良くなって共に牧場を開き、後に没落する。この話を書くために淡路島をはじめ、静内の町史、個人のメモワール、パンフレットみたいなものまで、集められるものはすべて集めた。

こうした資料は古書店に通えば手に入る。帯広の春陽堂書店(現在は古書市、インターネットでの販売のみ)、札幌の弘南堂書店、南陽堂書店に足繁く通った。必要な本の書名がわかっているわけではないから、実際に古書店に行って自分の目で棚を眺めてはじめて出会うことができる。つまり、当時ネット書店があったとしてもそこでは見つけられなかったはずだ。「3　書店の使いかた」の章で述べたように、原発関連の本が必要なとき、大きな本屋に出かけていったのと同じことだ。

地方史については、その地方の大きな古書店が集めて整理して並べてくれているから大変役に立つ。そうして入手した本を使って書き、無事に本が出たら、手放した。貴重なものだから、次に必要な誰かに使ってもらうために。

『静かな大地』を書いたときも古書店のマーケット機能を信頼して、使い終わったから手放した。一生研究を続ける方であれば手放さないだろう。しかしぼくは、一冊書き終わったら、その話はそれで終わり。フィクションで続きを書くことはほとんどない。

もしも再び必要になったら、「日本の古本屋」サイトがあるからたいていの本は手に入る。貴重な文献であればすぐに手に入るとは必ずしも言えないけれど、そういう本があったことは覚えているから、何とかなる場合が多い。

使い終わったら手放していく書物との関係を、ぼくは「キャッチ・アンド・リリース」だと思っている。本を書棚という生《い》け簀《す》に入れて、しばらく付き合って、終わったら海に帰してやる。どんな本をキャッチするか、またどんな本をリリースするかには、知的な判断を重ねる。この営みをずっと繰り返してきた。生け簀が大き過ぎると、肝心の魚がどこに行ったかわからなくなってしまうから、本棚の大きさについても試行錯誤が必要になる。

それなりの労力をかけて、本とのいい関係を築いてきた。

難しいのは持ち主が亡くなった場合

蔵書の整理が難しいのは持ち主が亡くなった場合だ。ぼくが自分の本を比較的早く手放していくのは、自分が死んだ後のことを考えるからでもある。

蔵書が残ると、遺族が困る。その本を必要とする人はもういない。しかし、遺族というのは故人の遺品を捨て難い。でも、本は場所を取る。さらに残された本の値打ちがわからない。かといってあっさり売ってしまうと、遺族なのに冷たいと、まるでお金目当てのように非難される。故人の形見なのに、と。

もしも持ち主が生前、大学の先生だったなら、遺族は大学図書館に寄付しようとするかもしれない。ところが学術的に値打ちのある本というのは実はそれほどない。弟子たちが使えそうな本だけ抜いて持っていったら、あとはほとんどゴミだろう。時代も刻々と変わっていく。

エイッと見切って売ってしまえば、古本屋は買ってくれる。古書店というのはお金という力にドライブされる流動的なシステムだから、店主が整備してしかるべき棚に並べると、次に必要とする誰かの手に渡っていく。整理して、マーケットに乗せて、次の人に渡してくれる。ただし価格は、新刊書で買ったときの一割にもならないだろう。もしかしたら予想以上の値がつくお宝があるかもしれないが、その確率は宝くじに当たるようなものだから、期待はしないほうがいい。それは仕方がない。本に未来の可能性が残ることが何より大事で、可能性を残すことが古書のマーケットの機能なのだ。そういう判断を下すかどうか、遺族が決断するしかない。

だからぼくは、日頃から書棚を〝動かす〟ようにしている。車は「動いていなければ車線変更はできない」のを思い出してほしい。渋滞で自分も隣車線も止まったままだったらじっと待つしかない。書棚も同じ。動いているとはすなわち、新陳代謝しているということだ。本人が目を配っていないと始末はできない。いったん止まったら、そのときから棚は死んでしまうとぼくは考えている。

こうやって書棚を動かせるのは、すでに述べたように、古書というマーケットを信頼しているからだ。古書店が本を再評価し、どうしようもないものは、ゴミとして処分してくれるから。だから、例えば毎月の書評を書くに際しては二、三十冊を集めてそこから一冊を選び、残りは懇意な古書店に引き取ってもらう。

ぼくの上を通り過ぎた本は数知れないわけだが、本というのは非常に不思議で、そのときどきの時代の価値によって値段が変わり、そして何度でも持ち主を替えられるものなのだ。ブランドの服も同じような側面があるが、本ほど徹底していないだろう。

このように書棚の新陳代謝を心がけているわけだが、二〇〇五年から二〇〇九年にフランスに住んでいたときは思うようにならず困った。当時も書評の仕事を続けていて、月に一回、段ボール一箱、日本から本を送ってもらっていた。ところがフランスには日本語の古書店がないから、やがて部屋には五年分の本がたまってしまったのだ。運賃をかけて日本に持ち帰るのは意味がない。

最終的にソルボンヌ大学（パリ第七大学）の日本語学部とパリの日本文化会館に寄贈した。ぼくが一定レベルの内容であることを確認した比較的新しい本で、かつ、まとまった量があったから、学生や日本文化に関心のある人たちの参考になるだろう。

「限定本」をめぐる父との議論

最後に限定本の話をしておこう。

限定本について、父の福永武彦とかなり議論したことがある。時代もあるし、彼の性格もあって、あの人は限定本が好きだった。自分の本をしばしば、非常に手の込んだ豪華な装丁にしていた。時には本文用の紙を漉《す》くところから始めるくらい凝っていた。

手元に『幼年』（一九六七年）の限定本がある。「enfance（幼年）」と、フランス語の透かしが入れられ、革で装丁を施された美しい造本。こうした限定本は当時、百部くらいの少部数を作って通し番号を振り、通常版に比べてとても高く売った。とはいえ、いくら高く売ったところで儲けは出ない。限定本を出す目的は儲けではなく、趣味だから。

とにかくあの頃、限定本は大流行していた。プレス・ビブリオマーヌや麦書房、佐々木桔梗《ききょう》といった限定本を専門に出す小さな出版社や装丁家が人気を博し、福永の本はもともとマニア向きだったから、いくつも限定本を作っていた。

ぼくはずいぶんそれに批判的だった。「それはグーテンベルクの精神に反します。本というのは需要がある限り、いくらでも刷り増しできるところに値打ちがある。オープンエンドであるところに。最初から数を限るなら、それは本ではなくて工芸品でしょう」と言うと、父は苦笑いして聞いていた。ぼくも若かった。

しかし、そんなぼくでも一度だけ、自分の本の豪華版を作ったことがある。たった一部の限定版。

ヨーロッパでは昔から、とくにフランスでは、出版社はごくあっさりした装丁の本しか作らない。いわゆる「フランス装」といわれるもので、造本も簡易で紙を裁断しておらず、表紙も柔らかい。読者はそれを自分の懇意の装丁屋に持っていき、好きなように装丁してもらう。これをルリユールという。

だからフランス人は、自宅の本棚に、同じ装丁の本を並べることができるわけだ。あるいは一冊ごとにオリジナルな意匠を凝らした本を、何冊も並べることもできる。見返しをマーブル紙にしたり、天金《てんきん》にしたり、三方金《さんぽうきん》にしたり、表紙に押し箔を使ったり、お金があればもっと凝ったことをして、自分専用の本を作る。

ぼくがかつて住んでいたフランスのフォンテーヌブローの家のすぐそばに、このルリユールの店があり、前を通るたびに、ずらりと並ぶ美しい本を眺めていた。ルリユールの店主は週に三日ぐらいフォンテーヌブローの工房で仕事をし、残りはパリ店で本を売るという生活を送っていた。

ある日、どういうわけか、一度だけやってみようと思い立った。それで自分の本のフランス語版を持って頼みに行った。それはそれは美しい本ができ上がり、気分がよかったのを覚えている。

だから、一度ぐらいはいいとぼくは自分に言い聞かせている。ただ先ほどの「グーテンベルクの精神」の話については、いまもぼくの考えは変わっていない。

最近になって父の限定版刊行の話がぼくのところに返ってきた。「未来都市」(一九五九年)という中篇を贅沢な造りで七十部ほど制作して売り出すという話が父の晩年にあって、本文は刷り上がったという段階で、父が亡くなった。そのまま出せればよかったのだが、遺族(ぼくではない)がなんだかんだと口を挟んで、結局は出せないまま三十数年がたった。刷り終わった本文用紙はずっと信州の小さな出版社の倉庫で眠っていた。それが最近になって改めて出そうという動きになって、ぼくはそれに少しだけ手を貸している。

この件についてずっと昔に書いたエッセイをここに再録しておこう。

ストックの読書、フローの読書（あるいは、さらば必読書）

時代の変化を読むのはむずかしい。先を急ぎすぎると価値のないものをかついで恥をかくし、遅れると取り残される。近頃は本がさっぱり売れないという出版人の嘆きは、その意味でなかなか微妙な問題を含んでいる。もう、本の時代ではないというのは、はたして本当だろうか。

本が一時ほど売れないという傾向は認めなければならない。かつて、本はよく売れた。全百巻などという文学全集が各社から競って刊行され、大きな百科事典が何十万セットも売られた。しかし、だからと言って、その時期の日本人が特に賢かったとも思えない。売れただけの本が実際に読まれていたのだとすれば、あれだけの量の教養はいったいどこへ行ってしまったのか。

昔、教養とは知識のストックであった。頭の中に過去の賢人たちの言葉がたくさん入っていれば、それだけ人格はみがかれ、いざという時にも知識は身を助けると人は信じていた。物知りは尊敬され、学者たちは蔵書を誇り、学生は蛮声で「万巻の書は蔵にあり」と歌った。

現在、人は大きな本棚を持たなくなった。全集を買いはしないし、豪華な装丁の本を並べてながめるということをしなくなった。その理由はどこにあるか。

ストックという言葉を使ったついでにもう一つ経済学の用語を借りれば、教養自体がストックからフローに変わりつつあるのではないだろうか。今や知識は書庫や頭脳に蓄積されて使われる日を待つのではなく、より流動的になって人々の間を駆けめぐっている。標準的な教養のセットは解体されて、もっと大量の細分化された教養が流通している。

この変化の原因はいくつも考えられるが、その第一は社会そのものが風通しがよくなって、人と情報の動きが活発になったことである。一例として、コピー機の普及を考えてみれば、これは一巻にまとめられた書物というものの権威を相対的に下げた。本当に欲しいのは、書物というハードウェアではなくて情報というソフトの方なのだと人々は気付いた。

メディアの種類が増えたということもある。われわれは今、書物や新聞の他に、実にさまざまなメディアにかこまれている。新しいメディアはしなやかで、受け手の要求に応じて自在に変化する。全体として個人が受容しうる情報の量は何桁も増えた。日本から一歩も出ることなく、一九二〇年代のニューオーリンズのジャズの展開を一週間単位で耳で追うというようなことが可能になった。

教養が多様化したということは、それだけ個人が自分の判断で興味のある分野を選んでいるということである。必読書の一覧表は宙に浮き、人々は各自でおもしろそうなものを探しはじめている。書物を選ぶ評語が「ためになる」から「おもしろい」に変わったのだ。この評語を低級として退けることはできない。曇らない目で見れば、『正法眼蔵』も『ユリシーズ』も『ゲーデル、エッシャー、バッハ』もとてもおもしろい本なのである。

ドストエフスキーが読まれなくなったのではない。『カラマーゾフの兄弟』や『罪と罰』は、いうなれば死蔵されなくなったのだ。あのおもしろさを敬遠するという手はないし、今、この瞬間にもあの長大な小説の頁をめくっている人がいることだろう。読んでおかないと恥だから読むのではなく、おもしろいから読む。読む者だけが買う。人は本に対して正直になっている。

読書はストックではなくフローである。新しい書物は次々に出され、知識はさまざまに形を変えて人を訪れる。その流れの岸に立って、人は多くを読み、あるものを忘れ、あるものを記憶にとどめる。人の心の中でダイナミックな教養がつくられつつある。

昔、寺山修司は「書を捨てよ、町へ出よう」と言った。彼はその時、気付いていなかった、書物がそのまま町であることに。

（池澤夏樹著『読書癖3』より）

7　時間管理法

「月」の計画、「日」の計画

ここからは書物を離れ、日々のインプットとアウトプットを充実させるためのぼくなりのやりかたを述べる。まずは時間の使いかたについて。

ぼくは「月間計画表」なるものをワードファイルで作っている。単純な形式で、月単位に日付が並んでいるだけ。これから書くべき原稿のタイトルを日付の横に入れ、終わったら線で消していく。それから移動を伴う取材や講演、打ち合わせも書き込む。予定をすっぽかさないように。入ってきた予定はすべて書く。現段階で最も先の予定は、二〇一八年から始まる新聞連載だ。

この計画表を日に一度は見て、「この原稿はまだ大丈夫だな」「これは少し先だけど時間がかかるから心せよ」と自分に言い聞かせるわけだ。

当月の分をトップに置いておき、その月が終わると、いちばん後ろに移す。こうした作業にはエクセルよりワードが断然向いている。ファイルを開くとまず当月が表示され、翌月、翌々月、3カ月後……と続き、ずっと先で過去に転じる。やった仕事の記録は全部残しておくようにしている。

一方、日々のスケジュールについては細かく管理しない。「できるときにやる」が基本。今日はこの仕事だと思ったらそれを始め、終わらなければ明日もやる。そうすると明日やる予定だった分はその先に延ばすしかない。とはいえこれだけ長く仕事をしていると、どのくらいの時間がかかるかは、ある程度よめるようになっている。

この「月間計画表」にはアナログの原形があった。細い木で幅九十センチ、高さ六十センチのフレームを作って壁に掛ける。これに十二本の横木を掛け渡す。これは固定しないで、左右で釘に引っ掛けるようにしておく。この横木一本が一カ月を表し、上から下へ時間の順。これに大きめの付箋に書いた執筆予定を左から右へと貼り付ける。これだと手帖に書き込むのと違って移動が容易で、予定が変わったときにはすぐに対応できる。その月が終わったらいちばん下に移す。

しばらく使っていたが、やがてこの原理をパソコン化した。たいていの事務作業は文房具からパソコンに移った。だからデスクトップとか、フォルダーとか、ファイルとか、蛍光マーカーとか、そういう用語はすべて手と文房具のものを踏襲している。

締め切りとの闘い

書評用に軽そうだと思っていた本が、実際に読んだらとても重い本だったとか、予定どおりにいかないことはもちろんあって、そういう場合は必死にやるが、追い詰められて書くのはあまり好きではない。

一つの原稿をきちんと書き上げて送り終わったときほど幸福な時間というのはない。このときの充実感は中毒になる。これを何日かおきに繰り返しているだけの人生。原稿を送って、少し休んだら、また次の原稿を書き始める、それを書き終えるのを楽しみに。

基本的に締め切りは守る。ギリギリになることはしばしばあるが、さほどだらしのないほうではないと自分では思っている。だいたいが愚直なのだ。

昔、野坂昭如《あきゆき》氏が週刊誌の連載コラムの原稿を落としたという伝説がある。彼が書くべきはずのページには真ん中に小さく「この白いページは野坂の責任です」とだけ書いてあり、あとは真っ白だった。洒落《しゃれ》ているが編集部は真っ青だっただろうし、一度しか通用しない。

この業界が長いし、編集に携わって原稿を待つ立場にも立つことも少なくないから、制作側の事情はよくわかっている。書き手の原稿が遅れれば、誰かがどこかでその埋め合わせのために週末出勤とか無理をしなければならなくなる。そのせいで子どもが遊園地に連れていってもらえなかったりしたらと思うと責任は重大。だから自分は遅れないように、せいぜい努力する。

毎日新聞の書評欄の顧問をしている身としては、年一回のパーティーで、口を酸っぱくして言う。日曜日の朝刊に掲載する書評を、土曜日に入稿してくださっては困ると。というのは新聞では何があるかわからないから。大事件が起きたら、書評の管轄の学芸部だって総動員される。そうすると書評欄に白いところができる。

そのため、木曜日になってもその週の書評が入らなくてヤバそうな場合は連絡を入れてもらうようお願いしてある。ぼくが穴埋めに何か書くからと。まだそこまで行ったことはないが、そういう事態に陥ったときはぼくが書くしかないと本気で思っている。まるで消防署のような立場。

いずれにせよ時間は有限だ。締め切りに遅れないためには、限られた時間の中でできる以上の仕事を受けなければいい。ただ、現状のキャパシティーより少し多めの仕事を受けて自分に対するプレッシャーをかけることで、アウトプットの質や効率を上げる効果を生むことはある。

だけど落ち着いて考えてみれば、それは、自己の能力を高めているのではなく、生産性を高めているにすぎないわけだ。あるいは供給量を。

「もっと時間をかけてゆっくり仕事をしたらどうだ」「バタバタ走り回って何をやっているんだ。だからチャラチャラしたものしか書けないんだ」という心の声がいつも聞こえている。現代は誰もが忙しすぎる。

そもそも人類は狩猟・採集を捨てて農耕など始めたのが間違いだった。まして都市を築いて文明など作ったのが大間違い。狩猟と採集ならばのんびりと遊び半分で暮らしていけた。どうしても食糧が不足したときは飢えて死ぬだけのこと。他の動物はそれで満足している。それなのに農業を始めて、穀物という備蓄可能な食糧を得た。備蓄可能はすなわち強奪可能だから戦争というものが始まった。余剰の穀物を一カ所に集めて、人を集めて、都市が生まれる。この高密度の社会が生み出す文化を文明と呼ぶ。それに追いまくられて必死で働かされているのが我々。いまさらもとには戻れないけれど。

8　取材の現場で

メモの取りかた

取材にしばしば出かける。取材のとき、ぼくは見たものや気になったもの、思いついたアイディアなどのキーワードをメモ帳に書いておく。

そしてホテルや宿舎に戻るとその日の晩のうちに、酔っぱらって帰ったときは明け方に起きて、パソコンで詳しいメモに再構成する。日付と、その日の行動、さらに見たもの聞いたもの、誰に会ったか、どんな話を聞いたかを残しておく。私的な事柄は書かない。日記ではなくて、あくまでも仕事の記録としてのメモを作る。

このへんは仕事柄マメだと思う。記憶が鮮明なうちに書きつけてしまえば、細部を忘れても後でチェックできる。翌日、心置きなく新たな情報を取り入れることができる。

だから家を出るときはつねにラップトップを持っていく。実際に旅先のホテルなどで仕事をするのは日常まったく普通のことになっている。

しかし一度だけラップトップを持たずに取材旅行に出たことがある。二〇〇二年十月から十一月にかけてのイラク。目的は古代メソポタミア文明の遺跡を巡ることだったが、サダム・フセインの支配する独裁国家に自分に関する情報が詰まったパソコンを持っていくのは危険かもしれないと考えた。だからこのときばかりは取材したことをすべて一冊のノートに書いた。帰国してすぐに刊行した『イラクの小さな橋を渡って』（光文社、二〇〇三年、のち文庫）という本はこのノートをもとに作った。

デジタルカメラは必須

それからいま取材時に必須なのがデジタルカメラ。ずっとキヤノンを使っている（いまはｉｘｙ１９０）。この威力を感じたのは『パレオマニア――大英博物館からの13の旅』という雑誌連載企画を実行したときだった。趣旨は明快、古代文明の遺跡巡りである。

まずロンドンの大英博物館に行く。あそこは入館が無料で、展示物の撮影が自由（ストロボと三脚の使用には制限がある）。地域ごとに分けた展示だから、その領域の収蔵品を丁寧

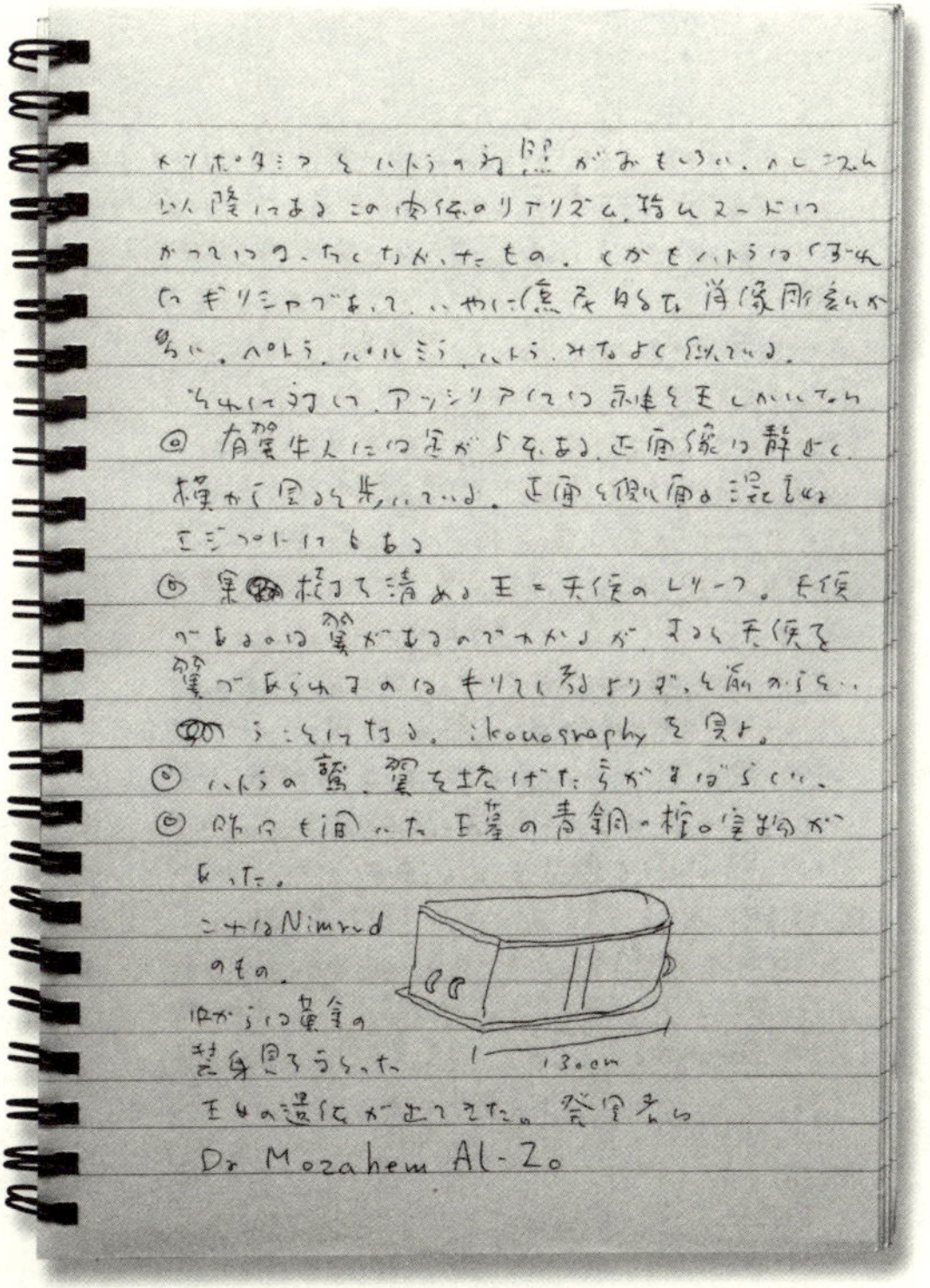

2002年10月、イラクに取材旅行に出かけたときはラップトップを持たずに、取材したことをすべて一冊のノートに書いた。

に何度となく見て、格別に気に入ったものを選び出す。そして、それが作られた地へ飛ぶ。たいていは観光地になっているから旅としてはそう難しいものではない。

行った先は——ギリシャ、エジプト、インド、イラン、カナダ、イギリス、カンボディア、ヴェトナム、イラク、トルコ、韓国、メキシコ、オーストラリア。

大英博物館で目当てのものを選定するときがデジタルカメラの出番。展示物で気になったものを撮り、同時に脇の説明のプレートも撮る。そうしないと後でものが何か特定できなくなる。夜、ホテルに帰ると写真のデータをパソコンに移し、各写真に日付とタイトル、簡単なメモをつける。写真の画像を拡大してじっくり見直す。気になったものや情報が足りないと思ったものは、翌日、博物館でもう一度精査する。

それから現地に行く。このときは写真家と一緒で、紙面に掲載する立派な写真は彼に撮ってもらったけれど、執筆に必要な事実確認や記録のための写真は自分で撮った。文章が仕事だけれど、それでもある場所に行ったときにそこの視覚的な記録を残さないのはもったいない。五感を総動員してその場を感覚的に認識した後で、いわばインデックスのように写真も撮る。

このやりかたはどこへ行っても変わらない。どこに行くときも、見るものをどんどん撮って、宿に戻ったらパソコンに移してタイトルと日付けを付ける。

例えば『氷山の南』（文藝春秋、二〇一二年、のち文庫）という長篇小説のために南極に取材旅行に行ったときは、氷山やペンギン、アザラシなど見るものを端から撮った。

五十年前まで使われていた科学観測の基地に行った。すでに荒れ果てて誰も住んでおらず、当時の生活の匂いだけがそのまま残っていた。プリマスのストーブを使っていたとか、棚に置いてあるのはペンギン・ブックスの当時のベストセラーだとか、見たものを写真で記録しておく。

取材ではないが、二〇一六年四月に起きた熊本地震のお見舞いで石牟礼道子さんの家を訪ねたときも、飛行機から見える熊本の街をカメラに収めた。住宅街の屋根はまだらの青色に染まっている。壊れた屋根にブルーシートがかけられているからだ、こんなに壊れたのかというくらいに。ショックだった。見て何か感じたものはたいてい撮るようにしている。

写真と言えば、かつて、『ハワイイ紀行』（新潮社、一九九六年、のち文庫）を書いた九十年代までは大変だった。カメラのボディ二つにレンズ三本、ストロボと三脚、それからフィルムのスペアを大量に抱えて出かけねばならなかった。撮影済み現像前のフィルムを持って飛行機に乗るのはリスクだった。セキュリティーチェックを手作業でしてもらえるかどうかは国次第だし、X線だと影響を受けることがあるから。

アナログ時代は取材から帰ってきた後も手間と時間がかかった。一九九八年に新聞の連載小説の取材でムスタン王国というネパールの奥地に行った。新聞連載は挿絵のことを考えなければならない。しかしこのときは予算の関係で画家を連れてはいけなかった。それにどんな話になるかわからないままスケッチだけしてもらうわけにもいかない。ぼくがたくさん写真を撮って帰って、これを自分でパソコンで加工して挿絵にするという方針を立てた。

カラーネガのフィルムで写真を撮り、フィルムをスキャナでデジタル化してフォトショップでモノクロにした上で少し加工し、タイトルを入れたりしてからフロッピーディスクに保存して新聞社の本社に送っていた。添付ファイルでは送れない時代だった。

その頃と比べたら、隔世の感がある。いまや小さなカメラとパソコンですむ。場所は取らないし整理は簡単。使わない手はない。オートフォーカスの恩恵をいちばん受けたのは老いて目が衰えた写真家たちという説があった。手ぶれ防止で三脚が要らなくなり、現像や焼き付けという過程がなくなった。誰もがやたらに写真を撮るようになって、写真というものの意味が変わった気がする。

梅棹忠夫《うめさおただお》さんの『知的生産の技術』（岩波新書、一九六九年）はいまも読み継がれる名著で、梅棹さんが明らかにしたように、我々の生産は技術によって支えられている。だから技術、つまりテクノロジーが変わったら、生産方法も変わらなければならない。

と同時に、技術によって変化しない根本の部分は、変わっていないともいえる。いくつかの章で述べてきたぼくの本の読みかたは、読書家であれば、昔から誰もがやってきたことだろう。例えば加藤周一さんは『日本文学史序説』（筑摩書房、一九八〇年、のちにちくま学芸文庫）を書くにあたって、とんでもない分量の古典を深く丁寧に読んでいる。少なくとも岩波の『日本古典文学大系』全百巻を脇に置き、古事記・万葉の時代からの日本文学を抜き出してきては適切につかみ、要約している。

そういう意味では『古事記』の頃から、一冊の本を作る知的生産の方法は変わっていないのだろう。素材を集め、整理し、価値判断を加え、並べかたを決めて、全体を一つの形式と文体と思想と記述法で統一する。書く過程だけで本ができ上がるわけではない。紫式部の『源氏物語』は書いただけだが、ほとんどの本には編集過程がある。集めて編むわけだ。しかも日本の古典文学は『今昔物語』のように、編集ものが多い。編集過程においてやるべきことは、千年の時を経ても不変だ。

ただし、技術の変化に沿って整理の方法は変化している。これまで話してきたようにデジタル化によって、写真撮影およびデータ管理は極めて楽になった。つまり自分の足取りの記録が楽になった。

それからもう一つ、自分の書いたものや撮ったものをパソコンに保存しておけること自体も、それができなかった時代に比べて、格段に生産性を上げたと思う。「あれについて何か書いたよな」というぼんやりとした記憶さえあれば、キーワードで検索して、原稿を探し当てることができる。おかげで、同じエピソードを何度も書かなくてすむようにもなった。

バックパック、スニーカー、消せるボールペン

取材のときに持っていくのは、いま話したデジタルカメラと、メモ帳。それからパソコン。ぼくはMacBook Airを使っている。ちなみにiPadを使ってみたこともあったが、半端だからやめた。iPhon 6より一回り大きいサイズのiPhon 6 Plusで事足りるから。シャツのポケットに入らないこともあるサイズだが、その点は我慢する。

音声を録音するレコーダーは持っていくが、ほとんど使わない。二時間録音すると聴くのに二時間かかる。効率がいいとは言えない。だからあまり録音はせず、その場ではメモを取り、記憶が鮮明なうちに詳しいメモをパソコンで作る。そのほうが時間はかからない。

ちなみに写真を撮るとき、スマートフォンの写真機能はほとんど使わない。スマホのレンズは比較的広角なのだ。ぼくは撮りたいものだけを撮りたいし、余計なものを入れたくないから、別にデジカメを持っている。少し本格的に撮るときはファインダーのある機種を使う。大きな一眼レフではないからデジタルのファインダーだが、それでもないよりはまし。

文房具は6Bの鉛筆と、消せるタイプの三色ボールペン（ぼくはフリクションを使っている）を携行している。鉛筆は普段から、消しゴム付きの補助軸に収納して、ポケットに入れて持ち歩いていることが多い。読んでいる本にいつでもマーキングができるように。

ボールペンの三色の使い分けは、基本的に黒色を使い、追加の記入に赤や緑を使う。赤と緑に厳密な使い分けはない。そして間違えたときに恥ずかしいから消せるものがいい。とっさに字が出てこなくてつい間違えることがあるのだ。「講演」と書こうとして「構」

を書き始め、ああ、マズイと。誰に気づかれるわけでなくとも、自分に対して許せない。そういうときはサッと消してしまいたくなる。

消せるボールペンは正式の署名に使ってはいけないらしい。あるいは領収書にも。書き換えられては困るものに使ってはいけないものだ。

さて、歳をとり体力が衰えるにしたがって、荷物を軽くしたいという欲求が強くなってきた。カメラもパソコンも軽くなったから大変ありがたい。いまだに重いのは本だけで、しかし持ち歩かねばならない取材もあるから、鞄のほうを軽くする。最近はバックパックばかりで、肩にかけたり手で持つ鞄は使わなくなった。

トランクはＲＩＭＯＷＡ（リモア）。預けて空港で引き取るときのために、派手な黄色の製本テープを貼って目立つようにしてある。

足元はほとんどスニーカーを履く。長時間歩くこともあるから、歩きやすい靴がいちばん。取材のしやすさを優先した結果、服装はどんどんカジュアルになってアウトドアっぽくなった。講演で壇上に立つときでもジャケットを着ないことがある。

海外には『ロンリー・プラネット』を持っていく

取材で旅に出る話に関連して、ここで、海外へ取材に行くときに用いるガイドブックについて。

知らない場所に行くとき、本気の旅ならガイドブックは必須。パッケージツアーであれば、ツアーコンダクターが誘導してくれたり、説明をしてくれるから、ガイドブックは必要ないかもしれない。それでも土地に対してある程度の好奇心があるなら、事前に勉強したり、ガイドブックの解説を読みながら目の前のものを見たいと考えるのではないか。

そういう目的のためにガイドブックはあるわけだが、内容にはさまざまなレベルがある。ぼくが本気で旅をするときは、『地球の歩き方』では物足りない。『ミシュランガイド』でも軽い。カジュアルな旅行ならいいのだが、土地の歴史やいま起こっていること、それこそもっか関心を持っている難民問題などを深く知るにはこれらではダメで、ぼくは『ロンリー・プラネット』を持っていく。いまはこれが最も周到なガイドブックだと思う。

林達夫さんと交換したガイドブック

これは凄い、と思うガイドブックに最初に出会ったのは、一九七五年にギリシャに行く前の頃のことだった。イギリスのBENNという出版社から出ていた『BLUE GUIDE』のシリーズ。紛らわしいことに、日本では『ブルーガイド』というカタカナ名のガイドブックが出ているが、これとはまったく別ものである。またフランスには『LES GUIDES BLEUS』があり、これはこれで立派だが、やはり別もの。イギリスの『BLUE GUIDE』は名のとおり青い本で、ギリシャに持っていって非常に役立った。

例えばペロポネソス半島のどこそこの村から二キロ西に行き、そこから一キロ森に入ったところにこういう遺跡があると書いてある。実際に行ってみると、大理石のかけらが七つ八つ、転がっているくらいのものなのだが、紀元前五世紀のものだと思うと感無量。入場料も要らない、ガイドもいない、そうした遺跡が『BLUE GUIDE』には丁寧に載っている。おかげでいろんな場所を歩き回って楽しんだ。

これは日本語訳はない。『ロンリー・プラネット』や『ミシュランガイド』は一部日本語版も出ているが、海外に行くわけだから多少は英語は必要だろうということで、英語版に挑戦するのもいいのではないか。

『BLUE GUIDE』については忘れ難い思い出がある。思想家の林達夫さんとは懇意にしていて、ギリシャに行く前にご挨拶に伺った。『BLUE GUIDE』を手に。「こんなところがあるんですよ」と、ぼくが行きたい場所なんかを林さんに見せると、矯《た》めつ眇《すが》めつ眺めてい

海外に取材に行くときに必ず持っていくガイドブック『ロンリー・プラネット』。世界のほぼすべての地域を網羅している。

ギリシャに持っていって大変役立ったイギリスBENN社から出ていた『BLUE GUIDE』。

こちらは林達夫さんからいただいたフランスの『LES GUIDES BLEUS』シリーズのギリシャの巻。

る。その顔が「いいなあ」と言っているようにぼくには見えた。そこで「よろしければお手元に置いておいてください」と差し上げた。洋書店に行けばすぐにまた買えるのだ。

するとに嬉しそうにされた林さんは、「ちょっと待っててね」と、奥の書庫に行ってゴソゴソしている。ほどなくして戻ってきた林さんが手にしていたのがフランスの『LES GUIDES BLEUS』シリーズのギリシャの巻だった。一九二〇年の版で新しいものではなかったが、いずれ行きたいとギリシャ旅行を夢見てずっと手元に置いていたわけだ。林さんはすでにお歳だったし、少し体を悪くされていたから、旅に出るのはもう無理だったのだと思うが、ぼくたちはガイドブックを交換し、ぼくは林さんに差し上げた『BLUE GUIDE』を新たに一冊買って、ギリシャへと旅立った。林さんからいただいた『LES GUIDES BLEUS』はいまでもぼくの本棚に置いてある。

本の情報、ネットの情報

『ハワイイ紀行』を書くときは、アメリカの出版社「moon publications」から出ている島ごとのガイドブックを使った。ハワイ島、カウアイ島、モロカイ島、オアフ島と一冊ずつ出ていて役に立った。

いまならインターネット上にも多数の情報があるが、こうしたガイドブックを使い続ける意味について話しておこう。

この国のこの場所についてと、特定できている情報であればインターネットで得ることができる。例えばベルリンに行きブランデンブルク門に行く。この門の歴史、なぜブランデンブルクという名称なのか、どういう形をしているのか、行くための交通機関までの詳細な情報を、「ブランデンブルク門」という言葉で検索し、引くことができる。

一方で、「ここが面白そうだな」と、まだ名前を知らない場所を見つけるには、ガイドブックが向いている。これは先に述べた紙の地図とグーグル マップの関係に似ている。

それから、たいていのガイドブックは国単位で出ているから、巻頭にその国の一般情報のページが付いている。国の成り立ちや民族構成、歴史、習慣、主な食べ物、人々の傾向、そして簡単な挨拶など。これがとても役に立つ。飛行機の中で読んでいると、これから行く国への理解が深まる。

「3　書店の使いかた」で、リアル書店とインターネット書店の性格の違いについて述べたが、ガイドブックにおいても、本とインターネットには同様の違いがあるというわけだ。ガイドブックとインターネットでは、載っている知識のサイズと整理の仕方が異なる。だからいまでも詳しいガイドブックは役に立つ。上手《うま》く使い分けるのがよいだろう。

そうはいっても、インターネット型のガイドブックが増えていることも確かだ。美味《おい》しい店と買い物店の情報ばかりが載っていて、文化や歴史を論じたきちんとした解説がついていないものは多い。

二〇一五年、『うつくしい列島　地理学的名所紀行』（河出書房新社）という本を出した。美味しい店にも祭りにも行かなければ神社仏閣も大都市をも訪れず、日本各地の美しい名所を訪れて、もっぱらネイチャー系のエッセイと写真で構成したものだ。

もともとはＪＴＢの『旅』（二〇一二年に休刊）という雑誌の連載だったから、参考資料として、ＪＴＢの日本各地のガイドブックをセットで送ってもらった。各地域の歴史や成り立ちが細かく載っていて非常に役に立ったが、いまやこうしたガイドブックは少ないと思う。熊本人の性格についてなど、最近のガイドブックには書かれていない。旅をする側の意識やスタイルも変わったのだろう。それでも、漫然とした旅から一歩奥に入ろうとすると、それに応えてくれる本はある。それを自分の手で探してほしい。

持っていたものの無くしてしまって惜しく思うガイドブックが一つある。明治期に日本にいたイギリスの日本研究家、バジル・ホール・チェンバレンが監修した日本のガイドブックで、タイトルは『A Handbook for Travellers in Japan』。版元はイギリスのマレー社／丸善。要するにどこの国にも世界に飛び出して行きたい若者がいて——むろん、若者でなくてもいいのだが——彼らに役に立つ詳しいガイドブックが求められるようになった時期のもの。

チェンバレンの監修本は、四、五百ページある、装丁も立派なものだった。全国各地についてとにかく詳しく書いてある。岐阜の駅で降りたら宿屋は駅の目の前にある何々屋がいいから始まり、神社仏閣のこと、自然のこと、食べ物のこと、人々の性質についてまで。東京と横浜の部分だけが邦訳がある（『チェンバレンの明治旅行案内　横浜・東京編』新人物往来社、一九八七年）。

実はこの原書、ケニアのナイロビの古書店で手に入れた。旅行好きのイギリス人がそこまで持っていって、手放したのだろうか。いずれどこかの出版社に持ちかけて翻訳したら面白いだろうと思った。いまやどこにも残っていない、明治期の日本の貴重な記録でもある。もう一度読みたいなと思い出すことがある。

『ロンリー・プラネット』シリーズの「南極」を買って、南極に行ってみたいと思った。

船一艘に五十人くらいの旅行客が乗り込み、言われたままに動くパッケージツアーだったが、場所が場所だけに、本気のツアーだった。船の中で、例えばペンギンの授業を二時間受けてから、実際にペンギンと対面する。そういうときにも、やはりガイドブックを開きたくなるものだ。ここでも、ロンリー・プラネットは役に立った。

南極旅行とはいえ、ぼくらの費用で行けるのは入り口まで。南極半島の入り口周辺の島々を巡るだけで、極地まで行くとなると、何百万円もかかる。それでもせっかく行くのだから、遊びだけではもったいないなと、南極を舞台にした小説を書くことにした。それが『氷山の南』。

このロンリー・プラネットのシリーズはすでに六百五十タイトルを数え、世界のほぼすべての地域のガイドブックが出ている。もともとはオーストラリアの若者たちがヒッピー旅行のために作り始めたものだ。

ぼくは社長のトニー・ウィーラーに会ったことがある。愛・地球博（二〇〇五年日本国際博覧会）のシンポジウムで会い、話が弾んだ。面白い男だった。

彼が言うには、タイトルを「オンリー・プラネット（唯一の惑星）」にするつもりだったらしい。ところが電話で「ロンリー・プラネット（孤独な惑星）」と言い間違えた。そのとき「ロンリー」のほうが旅人らしくていいんじゃないかと思い至り、『ロンリー・プラネット』にしたと、そう話していた。

一九七三年に若い二人が始めたガイドブック専門の出版社が、数十年で世界規模にまで成長したというのは凄いことだ。このロンリー・プラネットに『ギャップイヤー』という巻がある。ギャップイヤーというのはイギリスで始まった制度で、高校を出て大学に入学するまでのあいだ、あるいは大学を卒業してから就職するまでのあいだに、一定期間休みを取って、長い旅をするなりボランティア活動に励むなり、見聞を広げるための活動を行う習慣をいう。日本の若者はまるで外に出なくなってしまったが、英語圏ではいまも盛ん。

このギャップイヤーの手引きをまとめた巻がロンリー・プラネットから出ている。ビザやワーキングホリデーの取りかたなどの案内が詳しく載っている。ぼくは一度だけ世界一周航空券を使ったことがあるが、その存在や使いかた——およそ三、四十万円で手に入り、いくつかの大陸をまたげば、それぞれの経路の航空券を個別に買うよりもずっと安くなる——を知ったのもこの『ギャップイヤー』の巻だった。

9　非社交的人間のコミュニケーション

対談は自分ではなく、相互のため

ぼくは人付き合いがとても悪い。人と話すことでアイディアが生まれるという作家もいるようだが、ぼくにはそれはない。

一九八九年に、女性の火山学者を主人公にした『真昼のプリニウス』（中央公論社、一九八九年、のち文庫）を出したとき、どなたか学者の方に取材をしたんですかと多くの人に聞かれたが、取材は一切しなかった。小説を書くために人に会って話を聞くことはほとんどない。専門知識はすべて書物とインターネットで集める。もちろん現地踏査はぼくにとってはいちばん大事だ。また、「8　取材の現場で」で話したように、ルポルタージュを書く際に取材をすることは少なくないし、そこで手に入れた話や材料が後になって小説に役立つこともある。

まことにブッキッシュな性格で、人と接するのが下手な人間なのだ。それを自覚しているから、こういう人に会いたいから探してほしいなどと編集者や新聞記者に頼んだこともない。

対談はよくするが、それは自分のためではなく、相互のためと考えている。『未来圏からの風』（PARCO出版、一九九六年）ではアメリカの科学者たちと対談し、そこから浮かび上がる新しいものは確かにあった。だが、自分のためだけに誰かの話を聞くという姿勢ではやっていない。対談で知った事柄についてどこかで書くときは、「誰々さんが言っていたことには」と引用するようにしている。

作家の知り合いや友人は、書評委員や選考委員仲間くらい。日野啓三さんとはずいぶん親しくしていたが、きっかけはやはり読売新聞の書評委員会だった。それから「2 本の探しかた」の章で述べたように、書評を書いたことによってその著者と仲良くなるというパターンもある。といっても普段から行き来するような間柄ではなく、パーティーなどで会って「どうも」と挨拶する程度。いま流行のSNSをやらないのも、手が回らないのもあるが、それ以前に人嫌いだからかもしれない。

基本的に身近な人間の肖像をまるまる書くことはなかったし、自分の体験をもとにする場合でも、一定のフィクション化は施す。そのいい例が『パレオマニア』で、取材旅行に行ったのはぼくなのに、本文は「ぼくは……」ではなく、「男は……」と、まるで『伊勢物語』のような書きかたをした。『むくどり通信』（朝日新聞、一九九四年、のち文庫）などのコラムの「ぼく」も作られた人格という気がする。作品よりも人生が大事、だからその間に一種の絶縁層を挟む。この『パレオマニア』にしたって、どこまで本当かわからない。

エピソード記憶の力

ブッキッシュな人間のせいか、人の名前と顔をなかなか覚えられない。昨日会った編集者でも覚えていないから、次の打ち合わせには、名刺で名前を確認してからでないと出かけられない。

記憶について言えば、作家はみなそうなのだろうと思うが、エピソード記憶には強い。あのときこういうことがあった、誰かが何を言った、こういう表情をした、あの本のあの部分にこういう表現があった、そうしたエピソードはすぐに出てくる。ジョン・レノンやオスカー・ワイルドなど、著名人の残した皮肉な言葉を紹介した『叡智の断片』（集英社インターナショナル、二〇〇七年、のち集英社文庫）で書いた内容はいまでも細部までよく覚えていて、状況に応じて口をついて出る。ユーモラスで面白い言葉がざっと五百三十くらい詰まっている。

エピソード記憶というのは、いわば記憶にインデックスがついていて、必要なときに引き出されて初めてありありと甦《よみがえ》る。常時思い出しているわけではない。こうした記憶力をよくするために特別なトレーニングをしたことはないから、これは天性のものかもしれない。

だがぼくに言わせれば、三千人の名前と顔を覚えているセールスマンこそ、記憶力の達人だ。根本的に人間が好きなんだろうと思う。相手の何かいいところを瞬時につかんで、それを自分の記憶に定着させているのだろう。ぼくはその真逆で、エピソードによってしか記憶できない。

10　アイディアの整理と書く技術

Ａ４でコンテを作る

ここからは書くことについて。

書くことと考えることはぼくにとってほぼ同義である。この二つについて述べていこう。

複雑な評論を書くときに、いきなり書き始めることはしない。まずＡ４の紙を用意する。

そこに全体の流れ、論証すべきことを書きだし、引用すべき文献があれば手元に置いて、それから書き始める。

それだけ準備しても、書いているうちにどんどん膨らんでゆく。むしろそうでなければ事前の勉強が足りないのだと思う。最初から最後までひとまず書き終えて、戻って何度か読み返し、あちこち不備はまだあるけれどゲラで直そうと決めていったん編集者に送る。

そうすると、専門家の書き込みがたくさん入ったゲラが送られてくるから、再び格闘する。

メモはA4用紙と決めている。コピーの裏紙を使うこともある。参考書も事前に買っておく。「日本の古本屋」はここでも重宝する。

講演の際も必ずメモを作る。講演というのは、一度壇上に上がると孤立無援、頭が真っ白になっても誰も助けてはくれない。だからそうならないよう、全体の流れを必ずA4に書いておく。また、ぼくは固有名詞を覚えられないから、必要そうな数字、年号、人名などは細かく書いておく。このペーパーに沿って話をして、時間が余りそうなら雑談で延ばし、足りなければ端折《はしょ》って、持ち時間が一時間ならきっかり一時間で終わる。

最近は『日本文学全集』関連の講演が多い。もっか作成中のメモは、沖縄で行う「日本文学と琉球文学」と題した講演用のもの。あの全集の第三十巻『日本語のために』(二〇一六年八月刊行)に琉球文学をたくさん入れた。そんなことをした全集はかつてなかったと思う。沖縄で講演をすることになったので、琉歌《りゅうか》文学の話をするつもりで準備している。ちなみにこの巻は琉球文学だけではなく、アイヌ文学も漢文も祝詞《のりと》も、それから聖書の翻訳も載っている。なかなか面白い巻だと我ながら思う。

前にも書いたが、メモを書くのはだいたい消せるタイプのボールペン。丁寧には書かない。ぼくしか読まないからぼくにしか読めない字でかまわない。見やすいように色を変えることはある。手書きをするのは、途中で書き込めるし、消せるし、融通が利くから。

執筆用のメモにノートブックは使わない。一つのテーマには大きすぎるからだ。

ぼくは取材以外でノートブックをほとんど使わなくなった。いま使うのは、読売文学賞の選考の前だけになっている。この賞は読むべき対象が二、三十冊と多い。対象となる分野が広いから。だから小さめのA5サイズくらいのノートブックに、見開きごとに一冊としてタイトルを書き、感想やメモ、問題点を書いておく。それを持って選考会に臨む。ノートブックを使うのはこのときだけだろうと思う。

電源の要らない「外付けハードディスク」

「馬上、枕上《ちんじょう》、厠上《しじょう》」という言葉がある。文章を考えるのに最も都合がよい三つの場面を示す言葉で、ぼくの場合、「枕上」で思いつくことはよくある。明け方目が覚めたと同時に「あそこはこうすればいいのか！」と。

そんなときはしばらく考える。どこまでそのアイディアが膨らむか、待ってみる。起きてメモをすることもあるが、書かなくてもほとんどの場合は忘れない。昔は枕元にメモ帳を置いていたが、そこまですることはなくなった。

とはいえ、枕上で思いついたアイディアの質が必ずしもよいとは限らない。あるアメリカの映画プロデューサーの逸話がある。

ある晩、彼が眠る前にうとうとしていると、ふとアイディアが湧いた。これは凄い、世界中の観客を動員できると、メモをして寝る。朝起きて、オレは昨晩凄いことを思いついたんだと急いでメモを確認すると「A boy meets a girl（男、女、出会い）」とあった。最も平凡なアイディア。こんなこともあり得るわけだ。ぼくも後で見返して、なんだこれはと恥ずかしくなった経験はある。

明け方などに頭が冴《さ》えて、いいアイディアが浮かぶことがないわけではないが、最もアイディアが湧くのは、実は書いているときだ。書くというのはすなわち考えることで、時間をかけて少しずつ構築していくような大きなグランドデザインであっても、書きながら考えることがほとんどだ。

例えば十年前、河出書房新社の編集者に「池澤さん、世界文学全集を作りましょう」と持ちかけられたとき、「無理ですよ」と言いながらも、ホメロスからずらずらと書きだしてみた。すると十九世紀に到達するまでにＡ４がいっぱいになっている。それを見て、十九世紀から前は捨てよう、二十世紀半ば以降をメインにしようと思いついた。自分でリストを一度作ったからこそ、ガラッとひっくり返すアイディアが出てきたわけだ。

同様なことはたびたび起こる。

『日本文学全集』の『竹取物語　伊勢物語　堤中納言物語　土左日記　更級日記』の解説を書く際、メモで日本文学史年表を作りながら、わかりにくいなあと悩んでいた。そのうちに、西暦で始めるからいけないんだ、紀元前・紀元後のようにしたらいいのではないかと思いついた。日本の古典文学史において時間軸の基点になるのは『源氏物語』だろう。そうなったら作るのは簡単。やってみたら果たして、わかりやすかった。

そうしてできたのが解説に載せた「源氏紀元」文学史年表』である。『古事記』から始まり一四八〇年の『狂雲集』まで日本の代表的な古典を、『源氏物語』を基準にして、何年前に書かれたものか、あるいは後に書かれたのかを明記した年表を作った。このアイディアも執筆途中に生まれたものだった。

何を書くにせよ、執筆の途中でメモを取るのは役に立つ。ぼくはこれを——A4裏紙とボールペンを——電源の要らない外付けハードディスクと呼んでいる。ぼくと外付けハードディスクとの会話によって、一種の弁証法のように、新しいアイディアへと到達することができるのだ。

エンターテインメントの書きかた

少し趣向を変えて、長篇小説の書きかたを一つ紹介しよう。

二〇一一年三月十一日の後、ぼくはしばらく東北に通っていた。知らず知らずのうちに疲労が溜《た》まり、全然違う話で気分を変えたいと思った。ちょうど新聞小説が決まっていたから、東北とは反対の地域の話を書こうと思い立ち、瀬戸内海がいいなと。明るい瀬戸内海を舞台に、絶対に面白いエンターテインメント長篇を書こうと決めた。それが『アトミック・ボックス』である。

まずキーワードを考えた。ミステリーにしたいが殺人事件は嫌だ。スパイはリアリティがないだろうか。宝探し、あるいは追っかけなら使えるか。では瀬戸内海のどこかの島から、誰かが大事なものを持って逃げる話はどうか。追いかけるほうが強ければ強いほどスリリングになるだろう。強いものといえば国家権力。逃げる側は無力な個人。強大な国家権力が必死になって個人を追いかけねばならない理由とは何か。それはその個人が重大な秘密を握っているから。日本の戦後史でいちばん大きな国家秘密とは――あったとしたら、それは自力で核武装しようという秘密計画。

と、アイディアを積み立てていく。もともと瀬戸内海は通いたかった場所だったから、取材で舞台として使う島は全部回った。島から始まり、個人が逃げる物語。最終的には東京まで逃げることにしよう。落としどころはひとまず置いておいて、いまの時代、いたるところにNシステム（自動車ナンバー自動読取装置）があり監視カメラがある国で、警察からどうしたら逃げられるのか。細部をアイディアで詰めていく。

全体のプランがほぼでき上がったところで連載を開始した。

いつもこんな風に考えた上で書き始めるわけではない。例えば『双頭の船』（新潮社、二〇一三年、のち文庫）は、スタートラインだけ用意して、あとはなんとかなるだろうで始めた。そもそもの始まりは短篇一つだった。これが後に第一章になり、そこから話が生まれた。そのへんは作品それぞれの性格による。

『双頭の船』は、瀬戸内海から東北地方へ行く船の話。これはファンタジーで、船が育っていくというとんでもないことが起きるマジックリアリズム小説にした。ただし『アトミック・ボックス』と同じく東日本大震災後に書いた小説で暗い話にはしたくなかったから、見た目はひたすら明るいファンタジーに。とにかく東北へ行ってしまえば、自分の取材経験を重ねられるからなんとかなるだろうと、見切り発車でスタートできた。

一方『アトミック・ボックス』の場合は途中で行き詰まったらアウトだとわかっていたから、書き始める前に緻密にアイディアを練ったわけだ。破たんのないロジックを積み重ねたリアリズムでないとミステリーにはならない。エンターテインメントに少しでも嘘《うそ》が交じると、その途端に読者の信用を失う。犯人は幽霊でしたというのはミステリーではない。だからこの小説は、どこの誰が読んでも嘘がないようにできている。船の出航時刻も到着時刻も、運賃も、待合室の蕎麦《そば》の値段も、全部現地に行って調べて書いた。移動にかかる時間も正確なはず。

このときはカレンダーを作り、事件が起きた晩の月齢も書き込んだ。いまはインターネットがあるから、そういうことはすぐに調べられる。ということは、読み手も調べられるわけだから、作者は当然調べていないといけない。

調べるのは楽しい。瀬戸内海から東京湾までのフェリーにも乗った。ぼくは比較的、移動時間が好きなんだろうと思う。ただし、豪華客船だけは駄目だった。あれは退屈で、それこそ『世界文学全集』でも持ち込まないと日が暮れない。

フィクションは時系列、ノンフィクションはチャート

いま話したように、『アトミック・ボックス』を書くときは、カレンダーを作った。表に出るかどうかはともかく、小説を書く場合は時系列の整理を綿密に行う。

『静かな大地』の文庫版には年表をつけている。フィクションとファクトを両方掲載した年表である。

あれは、明治初年に淡路島から北海道の静内に入植したぼくの先祖を題材にした本気の歴史小説だったから、歴史的なファクトをまず書き出した。そこにフィクションを挟み込んでいく。主人公の三郎が何歳のときにこの事件が起きたのか。彼をイギリスの女性旅行家・イザベラ・バードと会わせて話をさせたいと思った。彼女の旅行記は残っているからそれを読んで、何年の何月何日にどこでだったら二人は会えただろうかと考える。実際には会っていないが、バードが北海道に行ったのは間違いないし、彼は札幌で英語を勉強してある程度は喋れるようになっていたから、会って話をしたとしてもおかしくはないだろうと。

ファクトは言わば動かせない定点で、そこにフィクションを絡めていく。そうやって話を組み立てていくのは楽しい作業だった。単行本では年表を見せなかったが、文庫化の際

におまけとして「参考までにお見せします」と。

小説を書く際は人名表も作る。『世界文学を読みほどく——スタンダールからピンチョンまで』（新潮選書、二〇〇五年）を書いたときは、「『百年の孤独』読み解き支援キット」なるものを付録として付け、登場人物の相関図を載せたが、あれはこの本の構造があまりにも複雑怪奇だからこその工夫。普通は一覧にするだけで、相関関係までは載せない。

ノンフィクションでは、チャートを作って物を考えることはよくある。例えば立花隆はロッキード事件の児玉誉士夫を書くときに、大きな紙にすべてのファクターを挙げてそれをチャートで結び付け、人間関係や金の流れを把握したという。一方、フィクションの物の考え方の基本は時系列だと思う。

チャートではないが、小説で地図を作ることはよくある。『南の島のティオ』（楡出版、一九九二年、のち文春文庫、講談社青い鳥文庫）や『マシアス・ギリの失脚』（新潮社、一九九三年、のち文庫）のときは完全にフィクショナルな地図を巻頭に置いた。ただし『南の島のティオ』の場合は、モデルがあって、実在の島の名前を変えて使っている。『マシアス・ギリ』はまったくの架空の島にして、島の形から何からすべてぼくが作った。地図の線もフリーハンドで描いた。挿絵というほどのレベルではないが、ちょっとした図や絵を描くのは好きだ。

最終完成品を手元に残したい

自分が作ったものについては、最終完成品を手元に置くようにしている。小説であれ書評であれ、最終テキストを残す。紙ではなくデータの形でパソコンの中に置く。七、八年前からそうするようになった。

流れを説明しよう。まず原稿を書いて、原稿データのファイルを編集者にメールで送る。ほどなくゲラが届く。ぼくが送った原稿が、本や雑誌の体裁に整えられたものだ。郵送で紙の束が送られてくる場合もあるが、それほど長くないものであれば、いまはほとんどPDFで来る。ゲラのPDFファイルを添付したメールの形で送られてくる。受け取ったらそれをプリントする。そして赤ペンで直す。間違いを正したり文体を整えたりする。

次に、ゲラに入れた赤字を、パソコンに入っている元の原稿データに反映させていく。つまり修正を入れたゲラと同様のデータを作る。その上で、修正した箇所を黄色でマークする。最初に書いた原稿からの変更箇所が一目でわかるように。

編集者には、「ゲラをチェックしました、ここを修正しました、そちらで転記してください」と、この黄色マーク入りの修正テキストをメールで送り返す。編集者が転記して、赤字が反映されたものが印刷物として世の中に出る。ぼくのパソコンには、世に出た内容と同じ原稿データが保存されている。

これははっきりいって手間である。しかしこうすることで、最終テキストがデータの状態で手元に残るわけだ。それだけでなく、どこを直したかも残る。万が一編集者が転記をミスした場合も、すぐにわかる。

他の作家がどうしているかは知らないが、これがぼくのやりかただ。自分のやったことを記録に残したいという欲望が強いのだろう。書いたものもそうだし、写真もそう。そのために手間をかけることになるが、結局のところ、整理するにはどこかで努力をしなければいけない。どこに努力するかに、個人の個性が出る。

ファイリングはするべきか?

これは難しい問題だ。

新聞のクリッピングや雑誌の記事などをテーマに合わせて一つにまとめておくと、使うときに役に立つ。

それはそうだけれど、その手間に見合うほどの効果があるか否か、その見極めが難しい。まずファイルの項目を用意しなければならない。自分の関心がどの方向へどこまで伸びるか、それを予測して準備しておくか、あるいは仮の分類をしておいてある程度まとまったところで項目として立てるか。

同じ分野で少しずつ違うものがたくさんあるのならファイリングはとても便利だ。例えば診療所で患者のカルテを名前の順に並べて保管するのならいい。

しかし、世界の変化に応じて好奇心の対象が伸びたり、あるいは逆に消滅したりする知的活動では項目を立てる間もなく事態は変わりかねない。

仮にファイリングをするとして、その次に大事なのは常に中身を更新すること。死蔵になってはいけないから、数カ月に一回はすべてのフォルダーを見て、その段階での要不要を判断し、捨てるべきものは捨てる。

スチールの引き出しの中にフォルダーがぶら下がる形の「バーチカルファイル」を使ってみたことがあったが、あれはぼくには向かなかった。引き出しを開けるという動作が余計で、その先で目当ての文書を探すために中腰になるのも楽ではない。怠け者の言い訳のようだが、こういう手間のあるなしでそれが習慣として定着するか否かが決まる。

労力はかぎりあるリソースだからひたすら節約を心掛ける。
いろいろ試した中でよかったのは、Ａ４判の文書が入る普通の茶封筒を使うもの。型板を用意しておいて、封筒の同じ位置にタイトルを書き込む枠を作る（封筒は使用済みのものでいい）。

これに切り抜きなどを投げ込んで本棚に五十音順に並べて立てる。ある程度まで長く使いそうなものにはこれは悪い方法ではない。すぐにも使ってすぐにも不要になる文書やコピーならば机の周辺に置いておいて、いざというときに必死で探す。上から乗せてゆくから自ずから階層を成している。深くまで潜っても無いのならばそれはそこには無いとわかる。

失われるものは多く、悔やむことも多いけれど、すべては労力とのトレードオフだから無いときは諦める。銀行の窓口ならば一円の不足も問題だろうが、普通の人間の思考ではそんなに頑《かたく》なになることはない。ある意味では忘却や紛失は救いでもある。

ＫＪ法はとても無理

そういう意味では、文化人類学者の川喜田《かわきた》二郎氏が考案した「ＫＪ法」などは、データ

A4版の文書が入る普通の茶封筒に、型板でタイトルを書き込む枠を作る。

その封筒に新聞の切り抜き、メモや原稿のコピーなどを投げ込んで、本棚に五十音順に並べて立てる。手間をかけないファイリングがいちばんだ。

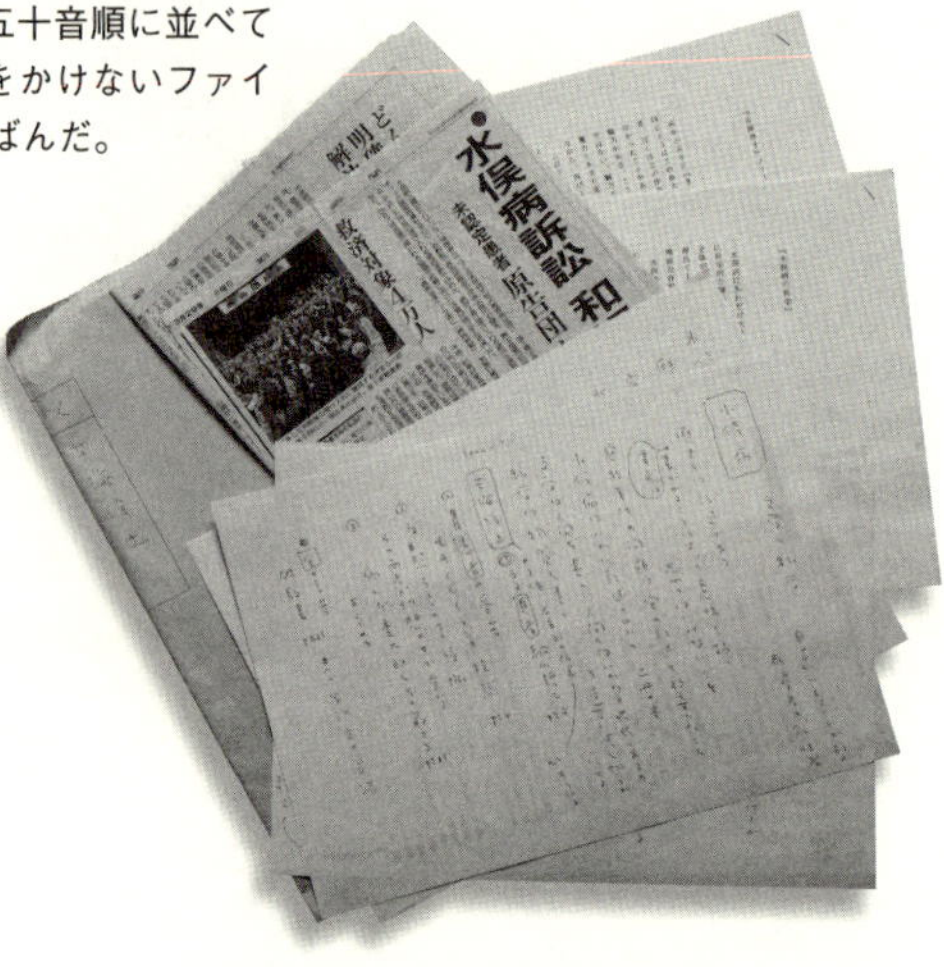

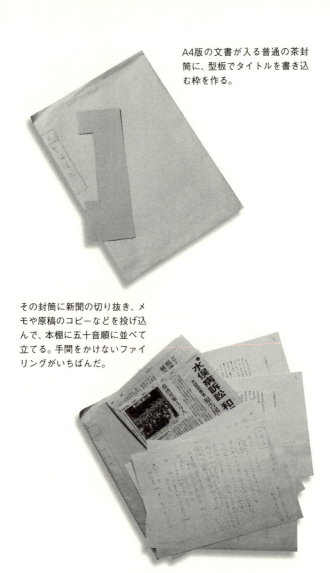

整理手法としては最適なのだろうが、ぼくにしてみれば、データの内容をカードに記述する作業が大変すぎてとてもできない。

ＫＪ法とは簡単に言えば、集めた情報をすべてカードに書きだし、同じ系統ごとにカードをグループ化して整理と分析を行う手法である。が、何もカードに書きださなくても、メモにキーワードさえ残しておけばそれに付随した内容は思い出せるし、本に書いてある内容は、本のタイトルさえ書いておけば、あるいは本にマーキングしておけば、後で辿れる。だからぼくはあそこまでしない。

労力の節約のために整理をするのだから、整理そのものにはあまり労力をかけたくないわけだ。だからぼくの本棚はグチャグチャ。系統立てて並べていないから、本を探すのに大変な時間を要することもある。しかし本棚は有限なのだ。対してハードディスクは事実上無限。

要は本棚は有限だから、どんなにグチャグチャでも、量は知れているということ。前章で述べたようにある時期がくると、ごそっと抜き出してスペースを作って新しい本を入れるという入れ替えを行う。だから日々労力をかけて整理しておくほどのものではない、というのがぼくの考えだ。整理のための整理にならないように気をつける。

切り抜いた新聞をずっと取っておくことはしない。自分の原稿の中で使うために切り抜いたものだから、頭の中で一つの概念を構築し、それをもとに一つの製品を作ったら、もう要らない。すぐに使わない場合は、要点を抜き出したメモをパソコンで作ることもある。

新聞を読んで切り抜いて、再度丁寧に読み、ある分野について自分の頭の中で整理をつける――これはつまり、池上彰さんのミニ版だなと、ふと気づいた。池上彰的営み、つまり広大な情報の海を相手に常時それを実行している。広く浅く、しかし時にぐっと深く。池上さんは世界の動きを本当によく整理している。立派だと思う。

11　語学習得法

「暇」が絶対的に大事

どのように英語やギリシャ語を習得したのか、と聞かれることが多い。ぼくの考えでは、語学の習得には何より「分量」をこなすことがものをいう。そういう意味では「暇」は絶対的に大事だろう。

英語とギリシャ語は若くて暇なときに学んだから、ある程度ものになった。しかしフランスに行ったときは、もう暇ではなかったから、フランス語はあまり上達しなかった。翻訳は辞書を片手に時間をかければできる。『星の王子さま』の翻訳はそういう風に仕上げた。しかし会話はなかなか身につかない。

だから暇がまず大事と言っておく。それから頭が柔軟なことも。だからやはり若い頃が有利。ぼくはこの先、新しい語学を学ぶことはもうないと思っている。増やすことはとてもできない。

その代わりといってはなんだが、最近は、けっこう漢詩を読んでいる。これは『日本文学全集』のためでもあるのだが。漢詩には必ず対訳の読み下し文と、注がついている。だから比較的、外国語の詩としては読みやすい。

読み下し文というのはとてもうまくできている。日本人は中国の漢字に訓読みを当てはめ、返り点などのシステムを作った。その結果、漢文の自動翻訳装置のごときものができ上がった。返り点のつけ方はルールが決まっているから、誰であれ、それに沿って読んで、知らない言葉などを少し辞書で調べれば、意味がわかる。

学校、自力、オン・ザ・ストリート

語学の話に戻って、具体的にぼくの習得法を披露しておこう。

会話ではなく読み書きのレベルアップのためには、一定期間は学校に通うのが効率がいい。文法と基礎単語をがっちり教えてくれる学校。そこで学んである程度身についたら自分で読み始める。辞書を片手に、短くて簡単な文章を読む。その上で実地に出る。読みたい長篇を選んで一ページ目から読み始める。

例えば一人で個人旅行に出れば言葉を使わざるを得ないから、身についていく。つまり「読む」については学校と自力、「喋る」についてはオン・ザ・ストリート。ぼくはこの方法でやってきた。

とはいえ英語の基礎は学校教育だったから、専門の学校に通うことはなかった。それで言うと、高校生になってから、読みたい本の原書を覗くようになった。当時、ジェームズ・ディーンが主演した映画『エデンの東』（一九五五年）にみな夢中だった。ぼくもご多分にもれず熱中し、何度となく見てからジョン・スタインベックの原書を手に取った。初めて原書で読んだ英語の長篇だった。ちなみに映画化されたのは後半の四分の一部分のみで、原作ではその前に長い物語があることを読んでから知った。

発音も上達するように米軍基地の子たちとのパーティーに参加したりしたのだが、そうすると同級生が足を引っ張る。「池澤、ああ、あの英語をキザに発音するやつな」とか言われる。英語らしい英語はキザなのだ。

原書を読むとき、最初から辞書を引いてはいけない。わからない単語があってもあまり気にせずどんどん読み進める。そのうち何度も出てくる単語や、これはキーワードだなという単語がわかるようになってくるから、それを辞書で引く。例えば「誰が何をした」という文章だとしよう。「誰」は登場人物が限られているから見当がつくだろう。「～した」は動詞だからそれほど種類がない。じゃあ「何を」だけ辞書を引くかと、そんな要領だ。

そうやって読んでいくうちに語彙《ごい》が増え、高校の後半くらいになると、簡単なものであれば大半は読めるようになっていた。

ギリシャ語の場合は、ギリシャに移住してから大学の予科に通って半年間、毎日三、四時間ずつ基礎を勉強した。それこそアルファ、ベータの発音からはじまり、基礎をみっちり。ギリシャ語は文法が複雑なので最初は大変だった。独学では無理だったと思う。留学生のための教室だったから、クラスメイトはカメルーンやパキスタン、ケニア、イギリス等々、国籍がさまざまで、彼らと放課後にギリシャコーヒーを飲みながら喋るのも楽しかった。ぼくが生涯でいちばん愛した学校だったかもしれない。

数カ月たったところで少しまとまった文章を読み始めた。その一方、街での会話はアテネに着いた日から否応なく始まっていた。タクシーに乗って行き先を告げ、それでわからなければ「そこを右」とか「まっすぐ」とか、「ここで止めて」と言わなければならない。

もちろんしどろもどろ。それでも果敢に話しかけて聞いてもらう。状況に強制されたオン・ザ・ストリートに勝るトレーニングはない。朝市で野菜を買って、家で料理する。キュウリに似たものを買ってサラダにしようと思ったら食べられない。友だちに聞いて火を通すのだと知った。それがズッキーニとの出会いだった。ギリシャ語では「コロキザキア」といい、アラビア語では「クーサ」と呼ぶ。

朝市語学はフランスに渡ったときにも日々実行した。「モリーユ」「セップ」「ジロール」、どれも売り手から料理法まで聞いて買った野生のキノコの類いだ。

先日、久しぶりにギリシャに行った。最初はなかなか言葉が出てこなかったが、耳が慣れてくると、ああ、そうだ、そうだと思い出してくる。知り合ったギリシャ人と共に懐かしい昔の流行歌を歌ったりもした（ヴィオレッタというこの女性はぼくと同年代だったから同じ歌を覚えていたのだ）。一定の時間と労力をかけて身につけたものは体が覚えていることを実感した。

何カ国語で「ありがとう」を言えるか、復習してみよう――英語、ギリシャ語、フランス語、ドイツ語、スペイン語、ポルトガル語、フィンランド語、トルコ語、アラビア語、ロシア語、中国語、インドネシア語……。

東京でトルコ料理の店に行って、帰り際に「テシェッキョルエデリム」と言うとトルコ人の店主が本当に嬉しそうな顔をする。語学は役に立つ。

12　デジタル時代のツールとガジェット

芥川賞作品を初めてワープロで書いた作家

はるか昔は万年筆を使っていた。四百字の原稿用紙が主で、二百字を使ったことはない（詩を清書するときだけは二十五字×二十四行で六百字という原稿用紙を使った。一行が五文字だけ長いので、行を折り返すことが少なくなる。丸善のこの原稿用紙はやがて製造中止になってしまった）。

その頃は翻訳が生活の手段だった。

それでも凝ったことがしてみたくて、ターコイズ色の軸のパーカーの万年筆に同じ色のインクを入れたり、たまには原稿用紙の老舗、神楽坂《かぐらざか》の相馬屋源四郎商店のきれいな原稿用紙を買ってきたりしていた。古来、中国人は文房具を大事にする。文房四宝と言えば、筆と硯《すずり》と紙と墨。もうそういう時代ではなかったけれど、それでもどこかカッコをつけたいという気持ちはあった。

その一方、翻訳というのはともかく量の仕事だから腕を酷使する。いまでも覚えているのは一九八〇年十二月八日、ジョン・レノンが殺されたときで、その二日前に行われた彼のインタビューを大急ぎで訳して刊行することになった。このときはホテルに籠もって、文庫本にして百七十ページほどを四日で訳した。これを中心にして他の人たちの文章も合わせた『ジョン・レノン――ALL THAT JOHN LENNON』の刊行は彼の死から十一週間後だった。これは出版としてはとんでもなく早い（このときにぼくが訳したものはいまはそれだけ独立して中公文庫の『ジョン・レノン　ラスト・インタビュー』になっている）。翻訳というのはこれくらい急がされることがある。

しかし、万年筆は重い。腕が痛くなり、辛いので滑らかなボールペンに替えた。それでも重くなって鉛筆に替えたが、それでも腕は痛い。腱鞘炎《けんしょうえん》がひどくなると本当に一文字も書けなくなる。仕事の途中で、何度も湯に手を浸して温めたりしていた。追い詰められて左手で書いてみたけれど、当然ながら効率がはなはだ悪い。その頃に、ワープロというものが登場して、これは使えるかもしれないと思って、買った。

いまから思えばまこと原始的な代物だった。軽自動車一台分くらいの値段なのに、液晶の文字が二十行くらい、ＪＩＳ第一水準の文字はそのまま使えるが第二水準になると別のフロッピーディスクから呼び込まなければならない。プリンターは十六ドット。

そのずっと前からぼくはタイプライターに憧れていた。自分でも英語で書くのに機械式のタイプライター（たしかオリベッティ社の製品）を使っていたし、欧米圏の作家がこれを使えるのを妬《ねた》ましく思っていた。ヘミングウェイは立って使える高いデスクにタイプライターを置いて、室内をうろうろしながら文章を練り、まとまるとそのデスクのところに歩み寄ってセンテンスを一つ書いたという。

そういうことがしたいと思ったが日本語では無理だ。シナリオライターの橋本忍さんはカナタイプを使っていると聞いたことがある。これは片仮名だけのタイプライターで、だから速いけれど、打ち終わった後でカナの横に漢字を手で書き込まなければ原稿にならない。それでも橋本さんが使ったのは、シナリオという会話だけの特異な原稿では書く速度が大事だったからかもしれない。この件は父と話した覚えがあるから二十代の後半には考えていたわけだ。

従って、ワープロ購入はかなり早いほうだった。安部公房さんのちょっと後くらい。ちなみにぼくはワープロで書いた作品で芥川賞を受賞した最初の作家だった。ぼくの前の回に受賞した村田喜代子さんは和文タイプライターで書いていたらしい。和文タイプというのはワープロでもカナタイプでもなく、一字一字を活字体に置き換えていく、いわば清書機械のようなもの（小川洋子さんに「バタフライ　和文タイプ事務所」といういい短篇があって、これは和文タイプできれいな文書を作ることを請け負う小さな会社の話）。ぼくはワープロを使ったが、その後もしばらく世間は手書きの時代が続いた。

キーボード入力は両手が使えるから、腱鞘炎のほうはずいぶんと楽になった。OASYSの親指シフトはたしかに合理的にできていた。しかしパソコンの汎用性、とりわけ通信機能を考えるとワープロ専用機に未来はないと思ったから、ある時点で切り替えた。今はマックでローマ字入力。指使いは決して速いほうではないが、考え考え書くのだからそれでかまわない。敢えてトレーニングをしようとは思わない。

二年ほど前、腱鞘炎が帰ってきた。『日本文学全集』の『古事記』を翻訳していてマウスを使いすぎたのだ。あのときは複雑きわまるレイアウトを作るのにマウスを散々使ったから、前腕に鈍痛が広がった。いまは一応治まっている。

いまはもう、万年筆を使うことはほとんどない。持ち歩くこともしない。よほど気取ってサインするときに使うくらい。

手紙でも手書きはしない。あれこれと文章に手を加えたいからパソコンを使って書いて、最後にサインだけを手で書く。手紙には一つコツがある。A4ではなくB5の紙に印刷して、余白を減らし、行間を増やす。そうすると私信らしく、手紙っぽくなる。さらには封筒にも入れやすい。

9・11直後、Eメールでコラムを発信

Eメールについて初めて具体的に知ったのは、一九九四年にボストンで生物学者のリン・マーギュリスと話したときだ。そこで彼女が何かについて「それってEメールみたいなものよ」と言い（何についてかは忘れた）、ちょっと踏み込んで聞いて、簡便で速い通信手段なのだと知った。週明けに研究室に行って最初の仕事は週末に来ているEメールの処理という愚痴の話だったと思う。

Eメールを最も活用したのは二〇〇一年の九月、9・11の直後にメール・マガジンを始めたときだ。大きなメディアはアメリカべったりで見当違いなことばかり報じている。言いたいことが日々たくさんあるのに、それを発信するメディアがない。月刊誌にコラムを持っていたけれど、事態はどんどん変化するし、月に一回ではとても間に合わない。そこ

で、毎日まとまった量の文章を書いてEメールで知人たちに送り始めた。口伝えで広まって、配信数は三万人くらいになった。いまならばブログ（Web の Log）があるが、あの頃はまだなかった。個人が不特定多数の人々に意見を伝えるという試みの先駆であったと思う。読者からの返信に答える仕組みもブログを先取りしていた。ただし「いいね！」という安直な応答の仕掛けはなかった。

このメール・マガジンの内容は後に『新世紀へようこそ』（二〇〇二年）、『世界のために涙せよ——新世界へようこそ2』（二〇〇三年、共に光文社）という二冊の本になった。

ウィキペディアが百科事典の課題を解消した

これまでの話の中でデジタル化に伴う変化については触れてきたが、改めて、インターネットの使いかたについて話そう。

ぼくもインターネットをよく使う。ウィキペディアも頻繁に使う。ウィキペディアは、使うこちら側のポリシーが決まっていれば、充分に役に立つ。

まず、ある話題についてのおおまかな知識を得るのに、ウィキは大変役に立つ。もちろんウィキだけでは済まないから、その先をどう確定するかはなかなか難しい。一次資料まで手を伸ばすかどうかはケース・バイ・ケース。いずれにしろ、とりあえずウィキに行くということはする。

実際の話、小説は別として、もはやインターネットがつながっていない状況では文章を書けなくなった。細かいファクトの確認にインターネットを使う。宮沢賢治の生没年、あるいは『正法眼蔵《しょうぼうげんぞう》』の成立年代、トルコ国民の中のクルド人の比率、ラジウムの原子量、ロベルト・ボラーニョの全作品のリスト。そういう細かなファクトについてはウィキペディアは役に立つ。

しかし、もう少し大きな話題になると気をつけなければいけない。例えば、さる作家をどう評価するか。ウィキに書いてあることには偏見が交じっているかもしれないから、そのまま信用することはしない。

ウィキペディアは、みながボランティアで力を合わせて運営して、あそこまで大きなサイトに成長したという意味で、とてもよいシステムだと思う。最初に気がついた人は慧眼《けいがん》だろう。人間は金銭的な対価や名誉心とは無縁に無償の奉仕として（つまりボランタリーに）働くものだという見通しが当たっていたわけだから。

百科事典を作ったぼくの経験から言えば、百科事典のいちばんの問題は、文章量が限られていること。次に、いったん作ったら改訂が難しいこと。だからその分だけ権威主義的になる。ぼくも関わった平凡社の最後の百科事典の編集長は加藤周一さんだった。その前は林達夫さん。そのくらい偉い人の名を冠し、かつ、中身はすべて専門家に頼んだ。

ぼくら編集担当は何をしたかというと、専門家と一緒に分野ごとの項目リストを作り、それを、大・中・小に分け、各項目を誰に書いてもらうのかを決めて発注して、もらった原稿を整理する。何年もかけてそうやってカード作りを続け、何万項目も溜まったところで初めて五十音順に並べる。次に索引に出すべき項目を拾いだす。百科事典は索引がないと意味がない。すべての事項が項目として立っているわけではないから。

けれども世の中の変化は速い。書かれたことは日々古びる。本当を言えば毎年改訂しても間に合わない。毎日改訂というのは物理的に不可能。そこを補うために平凡社は年鑑を出していた。毎年、新しい項目だけを集めて、同じ装丁で。しかし別巻だからどうしても引きにくい。

ちなみにあの頃の平凡社は、編集部がエリア別に分かれていた。東南アジア部門とか、東ヨーロッパ部門とか、地域ごとに一つの編集部が構成されていた。いまでも平凡社からは、『東欧を知る事典』など地域別の事典が出ているが、あれは当時の遺産だろう。

するとう編集者は、担当エリアについては何でも知っているようになる。ぼくがある編集部に行って、「これ、どういうことかな」と聞くと「それは○○部の○○君に聞いたらわかるよ」と言われる。本人に会って聞くと逐一、それこそ掌《たなごころ》を指すように教えてもらえる。大変な知識人たちがそろっていた。

ただし、編集者がどんなに知識を持っていたとしても、項目を無限には増やせない。ページには限りがある。これは百科として考えてみれば、致命的な欠陥だった。百科事典の配列の原理はカードシステムだが、しかしカードの束を売るわけにもいかない。

こうした課題はウィキペディアによってすべて解消された。ウィキには長さ制限がない。いくらでも、いつでも、増やせる。ぼくが今日死んだら、今日のうちに、ぼくの没年は書き込まれるだろう。

繰り返すと、ウィキの内容をすべて信用することはできないが、インターネット特有の相互チェックのシステムが働いていて、まず大きな間違いはない。また、中で散々議論しているから、大方において、ほぼ妥当なところに収まっているはず。だからウィキの信頼性は上がっており、ある程度のところまでは信用できるとぼくは見ている。

政治的な理由などで微妙と思われる項目を使うときは初めから用心する。

よく見る海外サイト

ぼくの場合、ウィキを引くと次に、英語のサイトに飛ぶことが多い。サイトの左側に「他言語版」というコーナーがある。項目によるが、英語版サイトは日本語版とは比べものにならないほど充実していることが少なくない。例えばマリリン・モンローについては、英語版のほうがずっと詳しい。使える言語だったら、項目によってはギリシャ語に飛ぶこともする。気がついている人はあまりいないが、横方向への移動は非常に有益だと思う。ウィキの内容を丁寧に読みたいときはプリントアウトする。マークしながら読むにはやはり紙がいい。

他にどんなインターネットサイトを見るか。

グーグルで検索して、結果に表示されたサイトを上から順に見ていくこともある。とはいえだいたいいちばん上にウィキが来る。アマゾンと同じで、一つがあそこまで大きくなると、他のものを作ってもなかなか充実しないのだろう。

何かあったとき、海外の新聞のサイトをちょっと覗くことはある。比較的信用しているのはイギリスの『ガーディアン』。ガーディアンは、紙面の『ウィークリー』を購読しようかと思ったこともあったが、ウィークリーであっても、なかなか読み切れないからやめた。

それから、『ニューズウィーク』の日本版サイトをときどき見る。ここは、アメリカ的偏見はあるかもしれないが、日本の週刊誌的偏見はないから。

日本の紙の雑誌で言えば『クーリエ・ジャポン』（二〇一六年休刊し、ウェブへ移行）は、創刊後しばらくは応援していたが、最近は読まなくなった。そしてここ数年で、評論誌が減っている。月刊『現代』がなくなり、今、『世界』と『中央公論』と『文藝春秋』『潮』くらい。ずいぶん力がなくなったと言わざるを得ない。

電子書籍をどう使うか

飛行機の中で電子書籍を読む話はすでにした。このようにぼくは電子書籍をわりと積極的に使っているほうだと思うが、日本全体に関していえば、電子書籍の普及はいまだ限定的だ。二〇一五年時点で、電子書籍の占める割合は出版市場の一割程度。アメリカだと事情は違ってくるが。

コンピュータが使われ始めたとき、「ペーパーレス」という表現が流行《はや》った。これからはすべてディスプレイ表示で済むようになり、オフィスから紙がなくなると。結果的に、これは大間違いだった。プリントしやすくなり、むしろ使用量は増えた。いまは誰しも無駄なプリントばかりしていると思う。紙に出すと体裁があるような気がするからだろう。つまり電子の登場は必ずしも紙の消滅を導かない。

ぼくの電子書籍の使いかたとしては、書評をする本を読むのには使わない。書評するときは書き込んだり、タグを貼ったり、それから前から後ろ、後ろから前へと、行きつ戻りつしながら何度も読みたい。しかし、電子書籍ではこの「前後」ができない。「ページからページへ飛ぶ」のが不得手。ぱらぱらができない。何ページかをメモしておけばわかるのだが、これは面倒だからしない。しかも文字サイズを変えると、ノンブルが変わってしまう。これも書評用に読むには難点だ。

だから、例えばエンターテインメント小説のように、冒頭から読み始めて、読み続けて、読み終わる類いのものなら、電子書籍でもいい。つまり一直線に一回読んでおしまいのものは、電子書籍でも読める。一方、行きつ戻りつしながら、中身全体を自分の頭に移す読書をするときはまるで役に立たない。

ぼくとキンドルの付き合いは古く、もう何年も前、まだ日本語版が出ていないときに、これは便利そうだと思って買った。何がありがたいって、シェイクスピア全集が二ドル。

聖書も二ドル。タダみたいなものだし、入れておくと何かと便利。検索もでき、パッと調べられる。次第に、新しい本も少しずつ買って読むようになっていった。

面白いことがあった。キンドルを買って間もない頃に飛行機の中で読んでいた。もちろんフライトモードにして。そうしたらひと通りお茶を配り終わった客室乗務員の美女がとても丁寧におずおずと「お客さま、それはどういうものでございますか?」と聞いてきた。好奇心を抑えきれないという風情で、そこに美女ゆえの積極性が加わっている。「これは本なんです。インターネット経由でテキストがダウンロードできて、指でこうやると、ほら、めくれるでしょう? 千五百冊分の本が入るんです」と得意になって説明した。「あぁ、そういうものができたのでございますか」と納得いただけたのはよかったんだけど、ぼくがそのとき読んでいたのが英語で「エロティカ」と呼ばれる分野のものだった。女性向けのソフトなポルノ小説。彼女がテキストをじっと読み始めたら困るなと、少し焦ったことをよく覚えている。

それはさておき電子書籍は、ぼくもある程度は使っているし、それから、ぼく自身の本の電子化もしているものの、今後、紙の本がガサッと減るほどに普及することはないだろうと予想している。ただ、マンガは事情が違うかもしれない。

家には、英語、フランス語、ドイツ語、イタリア語、スペイン語、ロシア語、もちろんギリシャ語、あとはインドネシア語。それから、国語辞典、漢和辞典、岩波書店の大野晋の『古典基礎語辞典』、『萱野《かやの》茂のアイヌ語辞典』(三省堂)などなどが置いてある。辞書は気になったときにすぐに引くものだから、手元にないと困る。

それでいて電子辞書というものを使ったことがないのはただ相性の問題らしい。どうもあれでは一度に目に入る文字の数が少なすぎるのだ。

あと、英語圏にあって日本にないのが「引用句辞典」というもの。先人の気の利いたせりふや名文句、至言名言が項目ごとに並べてあって、食事の席の話題にしたり自分の文章をちょっと飾ったりするときに使う。

「9　非社交的人間のコミュニケーション」の「エピソード記憶」のところでも書いたが、かつてぼくは『月刊PLAYPOY』に「叡智の断片」というコラムを連載していた。ぶどうパンのような作りで、干しぶどうが引用、パンがぼくの地の文。英語の引用句辞典を十冊くらい手元に用意してから始めた。暇なときにちょっと読むのにいいから、いまも身辺に残してある(トイレに置くのに最適)。一冊に数千項目は入っているから読み終わるということがない。

例を示そう。『The PENGUIN DICTIONARY of Modern Humorous Quotations』で「ホリデイ」の項を探すとこんなのがある――「ホノルル、ここにはすべてがある。子どもたちには砂浜、妻には太陽、義理の母にはサメ」。こう言ったのはイギリスのコメディアンであるケン・ドッド。あるいは「音楽」について、「さまざまな騒音の中でも最も耐えがたいのが音楽である」と碩学《せきがく》サミュエル・ジョンソンは言っている。あるいは「税」について、「納税者とは、国家公務員試験を経ないで連邦政府のために働く人々である」。これはなんとレーガン元大統領のお言葉。

皮肉、意地悪、悪趣味、ひとひねり、痛烈。英語が面倒ならば『叡智の断片』は文庫本になっている。

数年前から自分の本のデジタル化を始めた。

紙の本は愛しいが、昨今では売れないとすぐに絶版ないし品切れになる。在庫は断裁され、読者の手に渡らなくなる。それに抗して、ともかく入手が可能なようにという、いわば防護策として電子出版を進め、いまは全著作の半分くらいまで行っている。

このプロジェクトを始めたときのマニフェストと、イベントでのスピーチを（少し手を入れた上で）参考までにここに再録する。

マニフェスト　天使が出版する

肉体がわずらわしいと思うことがある。

重いし、かさばるし、傷ついたり病んだりする。

魂だけになって天使のように軽々と天を舞うことができたらどんなにいいことか！

同じように本の重さをわずらわしく思ってきた。

バッグの中の一キロ二キロはあたりまえ、トランクだと十キロ、書棚にはたぶん一トンとか二トンとか。

大事なのは書かれたことであってそれを載せた紙は媒体にすぎない。では書かれたことだけになって軽々と天を舞うことはできないか？　いままでは夢想だったけれども、電子技術はそれを可能にした。

どんなときでも読むものが手元にないと不安であるぼくにとって、電子出版は歓迎すべきテクノロジーだった。

ぼくは読者であると同時に本を書く側でもある。

だから自分の書いたものを市場に提供してみたいと思っていくつかの試みを重ねてきた。

電子出版に託せば、ぼくが書いたものは
1　瞬時にしてどこででも入手でき、
2　重さはなく、場所もとらず、持ち歩きも自在、
3　販売の側も自由度が増して長く在庫が維持される。
では、肉体は見放すのか、紙を捨てるのか？

そうではない。この相手とは長い親密なつきあいがあって、それは捨てられるものではない。わずらわしくても縁は切れないし、ぼくは紙の本を愛している。

重い紙の本たちの上空を身軽な電子版がひらひらと天使のように舞う。これもまた好ましい光景ではないか。読者には選ぶ自由があるわけだし。

講演　デジタル時代の知的生活

二〇一四年七月一日　国際文化会館

●メディアこそがメッセージである

五十年ほど前にある預言者が、「メディアはメッセージである」と言いました。その預言者とはマーシャル・マクルーハン。そのときはたぶんあまりに新しすぎて、どういう意味かわからない人が多かった。ぼくもよくわかっていなかった。いまになって振り返ってみると、「メディアはメッセージである」ではなくて、「メディアがメッセージである」「メディアこそがメッセージである」と、そのくらい強い意味であったと思います。そしてその彼が言ったことは次々に具体化し証明され、まさに我々はその真っ只中にいて、いまや誰も気が付かない。それくらいメディアという存在は当たり前になってしまった。

まず、「メディア」という言葉を人々が日本だけでなく世界中で使うようになったのは、彼のこの予言だったと思います。それまでは、メディア（media）あるいはミディアム（medium）は、例えば霊媒――何かと何かをつなぐ役割――といった、オリジナルの意味しか持っていなかった。それが新聞・テレビ・映画、もちろん出版、その他すべてを含めた意味で使われるようになって、それに関わる人たちが「自分たちはメディア人である」と自覚するきっかけになったのがマクルーハンだった。

彼が言ったことは実はもっと範囲が広かった。「身体の延長はそもそもメディアである」と。ですから、家というのは皮膚という体の一部を延長させてメディアとしたものである、ということまで彼は言っている。振り返ってみれば、ぼくらのその言いかたでいうとインターネットもそうですし、その後から出てきたその他すべてのものが、あの頃のマクルーハンの予言よりもずっとずっと豊かに増えて力を持ち、まさに我々がメディアの中にいるということを実感できるようになりました。

彼がそれらの言葉を書いたときに、世間の人々が気にしたのはテレビのことでした。テレビというものが出てきて、ずいぶん世の中の様相が変わった。それと重ね合わせてメディアという概念が広まった。その後にいまに至るわけですけれども、「メディアはメッセージである」とはどういうことかと言えば、メディアを選ぶこと、それ自体がその人が発するメッセージであると、そういう意味まで深く受け入れられるとぼくは思います。いちばん、いまわかりやすいのはSNSだと思いますが、SNSという方法で自分を表現しようとする／あるいはまったくそれらを使わない、その選択そのものが既にして、その人の一つの知的姿勢の表明であり、あるいはそれを通じて人と付き合おうとすることが、その人の性格の表明であると、そういう風に我々はメディア論を深く広く受け入れなければならないのではないか。この話の大本は、実はずいぶん古いんです。

●移りゆく「本」というメディア

ぼくは一方で『日本文学全集』というものを編集しておりまして、自分で古事記の現代語訳をやってみまして、ちょうど一昨日ようやくそれが終わったところなんです。へとへとです。だけどそれを通じて感じていたのが、太安万侶《おおのやすまろ》がいかにして、口承文芸の声のメディアから漢字を使った日本語表現というメディアに移したか、そのシステムをいかに苦心して作ったかということが翻訳してみると実によくわかりました。

マクルーハンも、アルファベットというものが導入されたことで、ヨーロッパの文明はある性格を帯びたと言いいます。アルファベット、そして文字でものを書くということは、視覚的であり、直線的であり、論理的である。それに比べてそれまでの口承文芸は、同時的であり、全方向的であった。

口承文芸というのは必ず目の前に聴衆がいる。一方的に読むだけではなくて反応がある。反応を見ながら次々に内容を変えていくことができる。今回、電子本で発売するぼくの作品の一つが『静かな大地』ですが、あの中で僕は、アイヌのおばあさんが子どもたちを集めて民話を語るという場面を作りました。これは一方通行ではなくて双方向的で、夜遅くまで話が続いて子どもが眠くなったら、いきなり大きな声で怖い話をして目を覚まさせることができる。しかしそれが本になって、活字になってしまうとそういうことができない。読み手は受け取るだけです。ぼくは作家として個室で一人寂しく書いて、買った人は個室で一人寂しく読む。それが本というメディアの一つの性格です。

そうしてメディアが変わるごとに、人間は新しい面を切り拓いて、新しい文化をつくり、それに合わせて文化を積み上げ、文明をつくりました。この流れはどこでも止まることなく現在まで続いています。そしてテクノロジーのおかげで次々に新しいメディアが出てきた。そのたびに我々は戸惑いました。「そんなものは……」と言って受けつけない人もいるし、すぐに飛びついて試してみて「駄目だこりゃ」と言う人もいる。

ちなみにマクルーハンのいちばん大きな著作は『グーテンベルクの銀河系』という美しいタイトルなんですけれども、グーテンベルクが活字印刷をヨーロッパで発明して、まず何が変わったかというと、それまで手書きだった聖書ですね。素材はパーチメント（羊皮紙）で、ものすごく大きくて重いのですが、それが教会に安置してあって、神父がそれを読み上げ、みんなが覚えている部分を唱和する「連禱《れんとう》」という儀式で使われた。修道院の図書館にもずいぶんたくさん本がありましたけれども、それは全部、持ち出されないように鎖で繫《つな》ぎ止めてあった。当時、本は非常に貴重なものだったから。ところが印刷が可能になって、人々の手に一冊ずつでも渡るようになった。だからプロテスタントは信者が自分で聖書を読むようになったんです。カトリックの世界では、聖書は自分で読むものではなかったんですけれどね。

その時代から、メディアは大幅に世界を変えてきた。さらに言えば、グーテンベルクの発明によって「音読の文化」から「黙読の文化」になった。それまで神父さまの手元にのみあって、集団で大きな声で読むしかなかった本が、印刷されるようになると一人一人が自分の部屋で声を出さずに目で読まれるようになる。これは大きな変化でした。

そういう変化の果てに、現在は電子的な方法で一冊の本の中身を読者に届けることが可能になった。二十年ほど前から新しいメディアの本の姿が具体的になってきた。新しいメディアというのは、まだ欠陥もあるし不十分なところもあるけれども、ともかくいままでなかった機能を備えていると「では試してみよう」という人々が出てくる。作り手の側も読み手の側も、最初はそれぞれに好奇心の強い人、新しいものが好きな人が手を出して、その中で試行錯誤を重ねるうちにだんだんと後に続く人が増えていく。人々はそれぞれの段階でさまざまな印象や感想を持ち、反応し、それを表現していく。そんな時代がずっと続いてきたと思います。

●新しいメディアが登場するたびに

四、五年前でしたか、ぼくが編集という形で岩波新書から『本は、これから』（二〇一〇年）という論集を出しました。業界内では「本これ」と呼ばれています。「本ころ」とは違います。「本ころ」は『だれが「本」を殺すのか』(佐野眞一著、プレジデント社、二〇〇一年)で、あれはまた別の話です。「本これ」のほうは、もちろん岩波書店とぼくがいろいろ相談しながら作ったんですけれども、書き手のセレクションが少し高年齢に寄っていて、物書きとしてすでに名を成した方が多く、ぼくがはじめに予想していたよりも保守的な内容になりました。つまり、「紙の本が大事」「いかに紙の本に自分が愛着を覚えているか」という論調のものが比較的多かった。ぼく自身は「(紙も電子も)両方面白い」という言い方をしていたんですけれども。

なぜ「本これ」のときは保守的だったかというと、一つはオブジェクトとしての、あるいはフェティッシュとしての本への愛情が執筆者の間で根強かったことですね。それと同時に、電子出版が盛んになったらそれが失われてしまうかもしれないという未来への恐怖感や、過去へのノスタルジー。これらは新しいメディアやテクノロジーが出てきたとき、必ず起こる現象です。

例えば、十九世紀初頭のイギリスで産業革命で機械が導入されたとき、人々はそれに反発して工場に押しかけて機械を壊しました。「ラッダイト」という人々の運動ですね。あるいは、ぼくが高校生くらいの頃『少年サンデー』と『少年マガジン』が創刊されました。コミックというものが手塚治虫の仕事の先で市民権を持ち始めてきて、高校生が読み、彼らが大学生になっても読み、大人になってもまだ読んでいることが普通になった。ぼくはコミックの流れに乗れなかったものですから、「大人がマンガをねえ……」という目で見ていました。そしたら、メディアの変化にぼくが対応できなくなって、その後世間でゲームが盛んになったときにもぼくは乗れませんでした。

マクルーハンが「メディアはメッセージである」と言ったときに人々が気にしていたのは「テレビが出てきて映画はなくなるんじゃないか」ということでした。さらに前の時代で言えば、トーキーが盛んになったことで弁士たちが困り、一方では声があまりにひどいので生き残れなかった映画俳優たちもいた。

そういう風に、新しいメディアが出てきたとき、人々の中にはさまざまな応答があり、さまざまな変化が起こります。確かにテレビは盛んになりましたけど、映画は消えなかった。映画の側での努力は大きかったと思います。シネマスコープ（ワイドスクリーン）にして、色を綺麗にして、とにかく映画館に人を呼び寄せようとした。その果てがシネコンです。だから、いかにテレビで映画を再放送しても映画館に行く人は減らない。いや、全体として減っているのかもしれません。ですが、映画が消えることはなかった。

この間、ＤＶＤにして家でテレビ画面、あるいはディスプレイで観るということを拒否しているような映画に出会いました。『大いなる沈黙へ』というフランスの修道院のドキュメンタリーです。この映画は、修道院の側が撮影に入る前に非常に厳しい撮影条件を付けたんですが、それは何かというと「ナレーションなし、ＢＧＭなし、照明なし、中に入っていいのは映画監督一人とカメラ一台だけ」といったような厳しさです。監督が一年間通って撮った修道院の生活の記録ですが、上映時間は三時間近く、途中眠くなります。修道院の中ではほとんど会話も交されないんですけれども、暗い映画館の中に坐って、途中で席を立つことなく早回しすることなくちょっとお茶を飲んだりすることもなく、その静けさと時間の緩やかさを体験する。じっとスクリーンと対峙しなくては受け取れない体験です。「映画にはまだこんな力があるのか」と思いました。このようにして、古いメディアはまだ必ずしも消えるわけではない。形を変えてその力を発揮していけば残るし、また栄えるんです。

●電子出版の可能性

とはいえ、新しいメディアの全部がそのまま普及するわけではなく、未熟の果てに消えてしまうものも少なくない。しかしぼくはいま、電子出版はこの先たぶん伸びるだろうと思っています。では、これから先、紙の本はなくなっていくのか？　そういった『本は、これから』のときと同じ問いが今後も出てくるだろうし、人々はそれぞれに、そのことについて考えるでしょう。最近の例でいうと、写真はデジタルが出てきてから、銀塩のフィルムで撮る写真はほとんど消えました。なぜかというと、写真というのは一点ずつ独立しているからです。写真集を眺めるときに、次々とページを繰っていきますよね。一枚ページを繰ったら眼はそのページの写真に止まり、充分鑑賞したら次の写真に進むとして、次の写真は前の写真とは違う写真です。選集としてそこにシークエンスを作って、ある流れを用意することはできます。しかしあくまでも一枚は一枚。

加えて、紙で見るよりもディスプレイで見るほうがきれいなんです。ぼくの『クジラが見る夢』という本は、写真をたくさん使った大きなものでした（※一九九四年、テレコムスタッフより大型本として刊行）。本のためにスチールとムービーを撮りに行って、写真家は超一流、特にスチールは水上と地上とで垂見《たるみ》健吾と高砂淳二の二人を連れて行ったんですけれども、素晴らしいクオリティの写真です。しかし、印刷ではそれをいま一つ出し切れなかった。今回の電子版で見るほうがきれいだと思います。

だから、写真というメディアの場合は「フィルムで撮って印画紙に焼いて一枚一枚見る」が、「デジタルで撮ってディスプレイで見る」に変わった。いまでもぼくは、プリントして人に渡したりするのに印画紙を使うことはありますす。しかしメインはいまはもうディスプレイでしょう。

それでもまだ、言葉としては「スライドショー」というような言い方をする。これまで、デジタルの世界はすべて実際にあるものの置き換えで用語を作ってきましたね。だからいまだに「デスクトップ」のような言い方がされる。しかし実態は違っていたためにフィルム写真は消えてしまった。そしてどうしてもフィルムで撮りたいプロは、冷蔵庫一杯フィルムを買って「これを使い切るまで……」と言いながら写真を撮っています。

●時間の流れと本

フィルム写真の他にもう一つ消えたものがあります。百科事典です。紙の百科事典は、まだあると言えばありますけれども、もういまは誰も使わない。写真の場合と同じで、これについても一つの項目が紙一枚に当たるんですね。本来ならカードであるものを、バラバラでは順序がなくなって見つけようがなくなるから、せいぜいコンパクトにと本の形にまとめたのが百科事典です。昔、ぼくも平凡社の百科事典の編集をやっていましたから、その作り方はよくわかります。実際の編集の内部も本当にカード的で、一項目ずつそれぞれの内容を作り上げ、最終的に組版でまとめるだけで、そこに五十音順以外のシークエンスはない。

カート・ヴォネガットの小説に、『ティミッドとティンブクツーのあいだ』（Between Timid and Timbuktu）という小説があります。「ティミッド」は臆病という意味ですね。「ティンブクツー」はアフリカのマリ（共和国）の、サハラ砂漠の真ん中の地名。〝ティミッドとティンブクツーのあいだ〟とは何なのかというと、百科事典でいう「Time」という単語のことなんです。カート・ヴォネガットが言いたかったのはそこ。そのくらい、百科事典というものは項目がバラバラに並んでいて、その結果、連続性がないから百科は紙では作らなくなった。ウィキペディアの名を挙げるまでもなく、百科事典がデジタル向きなのはみなさんよくご存じでしょう。

しかし、本というものはつながっているんです。一応ページはめくりますけれども、頭の中でストーリーは全部つながっている。それは小説じゃなくてもです。どんな論文でも、エッセイでもそう。遥か昔、まだいまのような本の形ができる前、パーチメント（羊皮紙）やパピルスの時代には、紙に書いたものをどうしたかというと、長くつなげました。一枚で収まらなかったら、紙と紙をつなげてぐるぐる巻いた。これはスクロール、あるいは巻子本《かんすぼん》と言いますね。本というのは『死海文書』の頃からずっとそういう形だったんです。しかしそのうち、「あれは不便だ」「読みたいところに至るのが容易でない」という声が出てくる。そしてやがて誰かが、紙を切って重ねて束ねるということを思いついたんです。そしてそれがコデックス（Codex）、冊子本と言われます。その形になって、ノンブルやチャプタータイトルなんかがついて、非常に読みやすくなった。冊子本の何がありがたいかというと、流して読んでいけると同時に戻ることができるんです。「あそこはどうだっただろう」「いちばん好きだったところをもう一度読みたい」と思ったときに、スクロールよりもずっと戻りやすい。これは本にとって大事なことです。

ちょっと余談です。ずっとぼくは不思議でならないのですが、ワードで縦書きの文章を作っていると、次のページに進むときに縦方向にスクロールしますよね。あれはなぜですか？　そのページの最後の行は画面の左側にあって、次の行にすぐに渡りたいのに、どうして横にスクロールできないんでしょうか？　いままで、この疑問に答えてくれた人がいない。この間、『古事記』の翻訳をしていて本当に面倒だったんだけれども、前のページの最後の三行から次のページの二行目までを選択したいと思ったとき、そのまま横にスクロールできればすぐでしょう。でも画面の左端から下に行って、また右までマウスを動かさなくてはいけないんです。マウスを動かすサイズが大きくて、そのせいでぼくは腱鞘炎になりまして(笑)。これはスクロールに関する小さな疑問ですけれども、〝もともとはつながっている〟というのはそういうことでもありますね。

ちなみに先ほどのマクルーハンの名著である『グーテンベルクの銀河系』(一九六二年)を彼はカードで作ったそうです。だから非常に短い章があって面白い。この本の中にはメディアというものに関するエピソードがたくさん書かれていますが、そのうちの一つに、初めて映画を観たアフリカの奥地の人が出てきます。そこでの映画というのは、衛生思想の普及のために飲み水の正しい扱いを一つ一つ説明したものでした。ところがそれを観たアフリカの人たちは、作り手側が伝えたかった内容には何の関心も持たず、映画の途中でたまたまニワトリが後ろを走ったというシーンしか覚えていなかったんです。誰に聞いても「うん、ニワトリが映っていた」と言う。つまり、映画というメディアに慣れていなくてはメッセージの受け取りようがない。そういう風にしてメディアは変わっていくし、人々の間で普及していく。このような別々のエピソードが何百かまとまっているのが『グーテンベルクの銀河系』ですが、あれは本の形で出版されました。というのは、時間的な流れの中にその本があるからです。

●電子出版の機は熟した

ぼくは作家ですから、書いたものが本になって出版されることが嬉しい。芥川賞をもらって何が嬉しかったって、自分の書いたものが間違いなく活字になるという保証を得られたことです。

電子出版というものが出てきたときに、紙で読むときとは違う読み方もできるのかもしれない、それも面白いな、と思った。みなさんご存じだと思いますが、紙と電子で何がいちばん違うかというと、読者との距離が縮まります。買いやすくなるし持ち運びやすくなるし、場所を取らない。先ほどからさまざまな例を取り上げてきたように、新しいメディアは新しい文化を引き出し、次の文明に何かを加えます。今回、ちょっとその実験をしてみたいと思ったんです。

ぼくは、この電子出版というメディアがいつになったらどれくらい成熟するのか、横目でずっと見ていたような気がします。電子出版がというより、インターネットのシステムや速度、パソコンの性能、その他全部含めて、どれくらいの期間でどれくらい使いやすくなるのだろうかと。その途中、いくつかの会社と試みをしてきました。最近になって、本格的に何かやってもいいんじゃないか、これから広く展開してもいいんじゃないか、と思うようになって自分の全著作の電子化というプロジェクトを始めたんです。

ぼくの場合、書いたものはだいたい本になります。あんまり細かいものは集めるのが大変だから本にしていないんですけれども、しかし本にしようと思えばどこかが出してくれる。だけどこれからは、作家あるいはいずれ作家になる人、自分が書いたものをみんなに読んでほしいと思っている人たちを含めて、すべての人に対してオープンなシステムができたらそれがいいのではないかと思うようになりました。いままでボーナスをはたいて自費出版されてきたようなものに対しての敷居が低くなり、発信する人が増え、それを受け取る側も増える。それは広い意味での出版文化の拡大ではないかと思います。それは大事なことです。

●天使が出版する

お配りした資料の中に、ぼくの書いたマニフェストと言いますか、「天使が出版する」という紙が一枚(二〇一～二〇二ページ)あるかと思います。電子出版には質量がない、かさばらない、たくさん手元に置いておける。そういうことを〝天使〟になぞらえた。天使って、質量がないんですよね。受胎告知のときは、相手がマリア様だからひざまずいているけれども、だいたいは宙に浮いています。質量がないというのはつまり、肉体がないということです。あるとき、神様が周りにいる天使たちに「君たちも坐りなさい」と言ったら、「神様、私どもにはその部分がありません」と言ったという話があります。天使にはお尻がないらしい。

　そういう風にして、質量のない新しいメディアを、恐る恐るではなく満を持して、皆さんのもとにお届けしたいと思っています。

　今日はありがとうございました。

あとがき

昔は身辺のことは一切書かなかった。エッセイなどで「ぼくは……」と書いても、その「ぼく」はいわば仮想のものだった。一つの話題を提供するための台としての「ぼく」。パーソナルなことを書かないのは、一つには羞恥の思いがあったからだし、そもそも自分自身のことなど書いて人さまにお伝えする価値はないと思っていたから。

この思いはいまも変わらない。それでもこんな本を書いたのは、これが技術論だからだ。料理の好きな者がレシピを公開するようなもの。こうやれば例えば「鱒《ます》のナバラ風」が作れますという類い。作りたいと思う人がいればの話だが、一応は作れるはずで、おいしいかどうかはまた別である。

スペインのナバラ地方の渓流には鱒がたくさんいてどんどん釣れる。この地方を旅する者は釣り道具と生ハムを持っていく。獲れた鱒を開いて骨を外し、そこに生ハムを挟んでムニエルにする。鱒のような川魚はぜんたいに味が薄いからそこをハムで補う。

それと同じようなものだ、というのは、この本を書いた理由としてあまり説明になっていないか。何か少しでもお役に立てればいいのだが。

二〇一六年初冬　札幌

池澤夏樹

編集協力　砂田明子
写真　池澤夏樹（一一八ページ）、伊豆倉守一（一四一、一五一、一七六ページ）

池澤夏樹《いけざわなつき》

作家・詩人。一九四五年、北海道生まれ。世界を旅し、ギリシャ、沖縄、フランスに滞在。札幌在住。『スティル・ライフ』（中公文庫）で芥川賞、『マシアス・ギリの失脚』（新潮文庫）で谷崎潤一郎賞、『池澤夏樹＝個人編集 世界文学全集』（河出書房新社）で毎日出版文化賞、朝日賞を受賞。『日本文学全集』（河出書房新社）を個人編集。

インターナショナル新書〇〇一

知《ち》の仕事術《しごとじゅつ》

二〇一七年一月一七日 第一刷発行

著 者 池澤夏樹《いけざわなつき》

発行者 椛島良介

発行所 株式会社 集英社インターナショナル
〒一〇一－〇〇六四 東京都千代田区猿楽町一－五－一八
電話 〇三－五二一一－二六三〇

発売所 株式会社 集英社
〒一〇一－八〇五〇 東京都千代田区一ツ橋二－五－一〇
電話 〇三－三二三〇－六〇八〇（読者係）
〇三－三二三〇－六三九三（販売部）書店専用

装 幀 アルビレオ

印刷所 大日本印刷株式会社

製本所 加藤製本株式会社

 ISBN978-4-7976-8001-0 C0295

インターナショナル新書

002
進化論の最前線
池田清彦
ダーウィンの進化論に異を唱えたファーブル。ネオダーウィニストたちはいまだファーブルの批判を論破できていない。現代進化論の問題点を明らかにし、iPS細胞やゲノム編集など最先端の研究を解説する。

003
大人のお作法
岩下尚史
芸者遊び、歌舞伎観劇、男の身だしなみ――大事なのは身銭を切ること。知識の披露はみっともない。『芸者論』(和辻哲郎文化賞)の作家が、「子ども顔」の男たちにまっとうな大人になる作法を伝授する。

004
生命科学の静かなる革命
福岡伸一
二五人のノーベル賞受賞者を輩出したロックフェラー大学。客員教授である著者が受賞者らと対談、生命科学の道のりを辿り、その本質に迫った。『生物と無生物のあいだ』執筆後の新発見についても綴る。

005
映画と本の意外な関係!
町山智浩
映画のシーンに登場する本や言葉は、作品を読み解くうえで重要な鍵を握っている。作中の本や台詞などを元ネタの文学や詩までに深く分け入って解説し、アメリカ社会の深層をもあぶり出す、全く新しい映画評論。